노희정시인과 함께
떠나는 세계여행

노희정 사진과 함께떠나는

세계여행

초판 발행일 2022년 5월 5일

지은이 노희정
발행인 김미희
펴낸곳 몽트

출판등록 2012.12.20 제 2014-0000-38호

주소 안산시 단원구 고잔로 23-12
전화 031-501-2322 팩스 031-501-2321
메일 memento33@menthebooks.com

값 17,000원
ISBN 978-89-6989-073-3 00810

노희정 시인과 함께 떠나는

세계여행

글·사진 노희정

몽트

서문
-자아를 찾아 나선 세상

점 하나인 나
비행기 날개 끝에
한 방울 이슬로 매달려 있다

지상의
한 마리 표범으로 달리고
바닷속
한 마리 고래 되어 유영하고
하늘 위
한 마리 콘도르 되어 비상했다

기류 따라 한 조각 구름 되어

내 안에 있는 또 다른 나를 찾아

지구 구석구석 배회했다

무인도 위를 떠도는 바람의 집을 유랑하며

망망대해 표류하는 야자열매 닮은 견고한 영혼도 만났다

손에 잡히는 것들과 악수하고

마음으로 느껴지는 무언의 느낌과 공유하며

세상과 한 몸이 되었다

내가 꿈꾸는 세상과

또 다른 이상 세계는 일직선상에 놓여 있다

삶과 죽음이 평행선에 있듯

하나의 작은 섬 모아

큰 섬 하나 만들어

지구에 조심스레 내려놓는다

• 목차

PART Ⅱ 나를 찾아서 떠나는 여행

PART Ⅲ 멈추지 않는 시간 여행

PART Ⅰ
예술을 향한 열정의 길

예술을 향한 열정이 만든 걸작
-호주 시드니 오페라하우스

한 사람의 생각으로 세상을 바꿀 수 있다.

인간만이 상상을 초월한 꿈을 꿀 수 있고 그 이상이 세기에 남을 건축물을 만든다.

한 예술가의 간절한 바람이 만든 시드니 오페라하우스 앞에 서 있다. 호주 하면 시드니 시드니 하면 당연히 오페라하우스가 대명사다. 세계에 있는 삼대 미항은 호주 시드니, 이탈리아 나폴리, 브라질 리우데자네이루이다. 나는 운 좋게 두 곳의 미항을 여행했고 세 번째 미항을 찾아 시드니에 온 것이다. 이탈리아 나폴리를 여행하면서는 솔직히 실망했다. 기대가 커서였는지는 모르지만, 우리나라 해운대만큼도 아름답지 않았고 바닷가 주변이나 거리가 지저분해 인상을 찌푸리게 했던 기억이 난다. 브라질 리우데자네이루는 멀리 빵산에서 바라보거나 예수상이 있는 코르코바도산에서 본 리우는 정말 아름답다 못해 황홀했다. 삼대 미항이라는 말에 손색없을 정도로 멋진 항구였다. 하지만 낮에 가까이 가서 구석구석 살펴보면 쓰레기더미가 켜켜이 쌓여있고 술이나 마약에 취한 사람이 골목 귀퉁이에 간혹 쓰러져 잠들어 있었다. 세 번째 방문한 시드니 항은 낮이나 밤이나 똑같이 아름답고 청결했다.

시드니 오페라하우스는 세계에서 가장 아름다운 건축물 중 하나다. 1973년에 개관한 오페라하우스는 음악에 맞추어 일렁이는 바다와 뭉게구름 춤추는 하늘의 푸른빛과 조화를 잘 이루고 있다.

오페라하우스는 지휘자 영국 출신의 유진 구센의 예술을 향한 열정적인 꿈이 잉태한 산물이다. 1950년대 시드니 심포니 오케스트라의 지휘자였던 유진 구센은 사람들이 아침에 출근하면서 시드니를 상징할 수 있는 위대한 건축물을 보고 감탄했으면 하는 생각을 했고 그 바람이 현실에 반영되었다. 세계에 많은 건축가가 공모전에 응모했고 무명으로 있던 덴마크 건축가 이외른 우촌(요른 웃존)이 당선되었다. 낭설이긴 하지만 오렌지 껍질을 벗기다가 흰색의 돛과 같은 형태와 둥근 조개껍데기 같은 지붕을 설계하게 되었다고 한다. 이외른 우촌은 독창적인 설계 디자인을 3년 동안이나 했다고 한다. 그 후 피토 홀의 조화로운 진행 능력이 함께 뜻을 모아 세계적인 건축물이 만들어지게 된 것이다. 오페라하우스가 완성되기까지 많은 자금과 16년의 세월 동안 우여곡절 끝에 완성되었다.

시드니 오페라하우스는 시시각각 팔색조의 매력으로 관광객을 현혹한다. 나는 낮부터 저녁까지 오페라하우스의 변하는 모습을 카메라에 담으려고 동분서주했다. 시드니 베네 곳 사방에서 찍힌 오페라하우스 모습은 감탄사만 연발할 뿐이다. 늦은 저녁 '낡은 옷걸이'라는 애칭을 가진 세계에서 두 번째로 긴 하버 브리지 위에서 바라본 오페라하우스는 언어로는 형용할 수 없을 정도로 멋지고 황홀했다. 나는 오페라하우스 옆 술집에서 흑맥주 여러 잔을 마시고 오페라하우스 앞에 섰다. 윤동주의 '서시'와 내 졸시 '촉'을 머리카락 날리는 밤바람과 함께 읊조렸다. 뒤따라온 일행들이 "멋지다"라며 박수를 친다. 오페라하우스를 무대로 전 세계 사람 앞에서 시 낭송을 하고 싶다. 세계에서 독보적으로 멋진 시드니 오페라하우스 무대에서 음악과 함께 하는 시낭송회가 언젠가 열리리라. 꿈을 꾸어 보자. 꿈은 반드시 이루어진다.

　오페라하우스를 만들 수 있게 한 지휘자 유진 구센의 예술을 향한 열정이 이외른 우촌이라는 건축가를 만나 세기에 남는 걸작을 탄생하게 한 것이다.

죽는 날까지 하늘을 우러러
한 점 부끄럼 없기를
잎새에 이는 바람에도
나는 괴로워했다
별을 노래하는 마음으로 모든 죽어가는 것을 사랑해야지
그리고 나에게 주어진 길을 걸어가야겠다
–윤동주 '서시' 중에서

느낌이다
......
바람도 햇살도 처음인 양 새롭고

이젠 정말 사랑할 수 있을 것만 같은 느낌

-솔시 '촉' 중에서

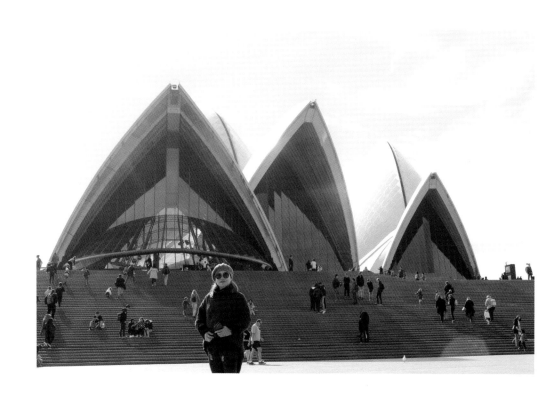

바다 위에 빛나는 역사
−이탈리아 베네치아

　결혼 기념 15주년이 되던 해에 남편과 베네치아를 여행했다. 결혼할 무렵 경제적으로 어려움이 많았다. 14k 실 반지하나 받지 못하고 결혼을 했다. 신혼여행도 설악산으로 2박 3일의 짧은 기간 동안 다녀왔다. 신혼 첫날밤 나는 15주년 결혼기념일에는 반드시 해외여행을 가리라 다짐했다. 그 후 꿈을 이루기 위해 14년 동안 급여를 받으면 십일조 떼어 헌금하듯 저축을 했다. 꿈에 그리던 서유럽 여행을 감행했고 물의 도시 베네치아에도 갔다.

　세상에서 가장 아름다운 빛은 다이아몬드 빛일 것이다. 나처럼 경제적으로 빈곤한 사람들은 다이아몬드 반지 하나 끼고 싶어도 소유하지 못하는 게 경제적 현실이다.

　크리스털을 처음으로 개발한 곳이 베네치아라는 것을 여기에 와서 알있다. 다이아몬드를 사 본 적이 없는 나는 크리스털의 오묘한 빛에도 감탄사가 연발 터졌다. 크리스털 매장에서 한참을 구경하고 뒤돌아서니 남편이 작은 선물상자 하나를 내민다. "결혼식 때에 아무 예물도 못 해줘서 미안했어. 다이아몬드는 아니지만 받아줘" 깜짝 선물에 황홀한 마음으로 상자를 열어보니 크리스털 목걸이, 귀걸이, 팔찌가

별처럼 빛을 내며 나를 응시하고 있었다. 그날은 세상에 태어나서 가장 비싼 선물을 받는 날이었다.

그 후 7년이란 세월이 흘렀고 운 좋게 나는 다시 베네치아에 갔다. 남들은 평생 한 번 여행하기 힘든 곳을 두 번이나 왔다는 사실이 믿어지지 않았다. 이번 베네치아 방문에 더 의미를 둔 것은 7년 전에 산 크리스털 목걸이 연결고리가 고장이 났기 때문이다. 수리할 목걸이를 가지고 기억을 더듬어 7년 전에 샀던 크리스털 매장을 찾아갔다. 나이가 지긋한 직원이 목걸이를 이리저리 보더니 똑같은 연결고리가 없으니 목걸이를 새것으로 바꾸어주겠다고 한다. 뜻밖의 제안에 고맙기도 하면서 이탈리아인의 통 큰 친절에 감격했다. 하지만 나는 새것으로 바꾸지 않았다. 남편이 처음으로 골라 선물해 준 깃이 더 소중했기 때문이다.

셰익스피어의 5대 희극 중 한 작품인 베니스의 상인을 읽었으며 베니스에 꼭 한번 와 보고 싶었다. 친구인 베사니오를 위해 보증을 섰고 돈을 갚지 못했을 경우 안토니오의 심장에서 가장 가까운 살 1파운드를 가져간다는 조건으로 돈을 빌려준 샤일록, 하지만 베사니오를 사랑한 샤일록의 딸 포샤의 지혜로 목숨을 건진 주인공 안토니오. 이 작품 중에서 안토니아를 구한 명대사는 "단, 보증서는 피에 대한 언급을 전혀 포함하지 않으므로 안토니오가 피를 흘려서는 안 될 것이며 덜도 아니고 더도 아닌 정확한 1파운드 살만 떼어가시오"다. 삶과 우정, 사랑과 복수와 자비를 내용으로 쓴 셰익스피어의 베니스의 상인은 전 세계인에게 베네치아를 유명한 도시로 만들었다고 해도 과언이 아니다. 셰익스피어의 베니스의 상인 작품으로 인해 베네치아를 베니스로 불리기 시작했다고 한다. 나폴레옹도 베네치아의 산마르코 광장을 보고 '세상에서 가장 아름다운 응접실'이라고 했다고 한다. 볼리비아 티티카카호수의 갈대 섬이 자연으로 만든 섬이라면 베네치아는 신의 힘에 의한 인간이 빚은 만든 걸작이라 할 수 있다.

　남편이 사준 크리스털 팔찌와 귀걸이를 하고 곤돌라를 탔다. 곤돌라 뱃사공인 곤돌리에르의 정열적인 노래를 들으며 탄식의 다리 밑을 지나 베네치아의 구석구석을 구경했다. 황금 포도송이 크리스털의 영롱한 빛 속에 살아 숨 쉬는 물의 도시 베네치아는 한때 지중해 전역에 세력을 떨쳤던 해상공화국의 요지였다. 베네치아는 운하와 대리석이 만든 건축과 가면무도회가 낭만적인 분위기로 내륙의 도시보다 예술 문화가 발전 한 곳이다.

　요즘 베네치아는 해수면이 상승하고 지반이 침하한다는 암울한 소식이다

　베네치아의 위대한 역사가 무사하길 기원할 뿐이다.

남자의 힘, 남자의 사랑
-미국 서부 그랜드 캐니언

가야 한다고 어쩔 수 없다고 /너의 손잡은 채 나는 울고만 있었지 /언젠가는 꼭 돌아올 거라고 /그땐 우린 서로 웃을 수 있을 거라고 /긴 기다림은 내겐 사랑을 주지만 /너에겐 아픔만 남긴 것 같아 /이런 날 용서해 /바보 같은 날……

-올인 OST '처음 그날처럼' 중

이병헌(김인하역 SBS 주말드라마 2003년 방영)이 야망에 찬 모습으로 두 팔 벌려 그랜드 캐니언을 품에 안은 채 포효하는 모습을 상상하며 라스베이거스에서 경비행기를 탔다. 18명이 탄 경비행기는 폭이 0.2~29km이고 길이는 약 443km인 콜로라도고원 위를 날고 있다. 승무원을 빼고 17명의 일행은 경비행기를 타자마자 멀미를 하느라 정신이 혼미해 있다. 하지만 나는 멀미는 고사하고 멀쩡한 정신으로 장엄한 그랜드 캐니언의 협곡 하나하나를 눈에 담으며 셔터를 눌렀다. 콜로라도강, 강가에 물이 마르면서 펼쳐진 금빛 휘장이 나를 흥분하게 했다. 강가에 그려진 무늬를 보면서 세계적인 디자이너 (고) 앙드레 김

의 디자인과 닮았다는 생각이 들었다. 내 눈에만 착시 현상으로 보이는 건지도 모른다. 하지만 강가에는 황금빛인 봉황이 우아하게 날갯짓하는 모습과 선녀가 하늘로 날아오를 때 금빛 치맛자락이 여린 몸을 휘감고 날아오르는 형상으로 환상적인 그림으로 그려진다. 혹여 (고) 앙드레 김이 이곳에 여행해 왔다가 콜로라도강 강가를 보고 디자인을 구상한 것은 아니었을까? 착각할 정도였다.

20억 년 지구의 세월을 그대로 느낄 수 있는 곳이 그랜드 캐니언이다. 이 거대한 자연 앞에서 인간은 하루살이처럼 작아질 수밖에 없다. 살면서 삶이 지겹고 포기하고 싶을 때 이곳에 오면 죽었던 세포가 다시 살아나리라. 이병헌의 기상처럼 남자의 땅이 여기가 아닌가 싶다. 오랜 세월 척박한 협곡에서 살아남았던 인디언의 강인한 정신으로 세상을 살아간다면 두려울 것이 없을 것이다. 헬기를 타고 협곡에 가까이 가서 그곳에 숨어있는 내면을 느끼고 싶었다. 하지만 일행 중 단 한 명도 헬기를 타고 싶지 않다고 한다. 라스베이거스에서 올 때의 멀미를 했기 때문이다. 세 배의 돈을 지불 할 테니 헬기를 타게 해 달라고 기장에게 간절하게 부탁했다. 하지만 돈이 문제가 아니라 규정상 한 사람만은 태울 수 없다고 단호하게 거절한다.

천상천하유아독존처럼 당당하게 우뚝 솟은 봉우리가 나를 굽어보고 있다. 켜켜이 쌓인 지층에 붉은색이었던 협곡은 햇빛 따라 보라색, 황갈색, 초록색, 회색 등 시시각각 미묘한 빛을 내며 옷을 갈아입는다. 그야말로 그랜드 캐니언 협곡은 어느 나라 언어로도 표현할 수 없을 정도로 장관이다. 상황에 따라 변하는 카멜레온처럼 협곡의 변화무쌍한 모습은 직접 보지 않고는 느낄 수 없다.

다람쥐 쳇바퀴 제자리 돌듯 운명의 굴레를 벗어나지 못하는 비운의 연인들 스토리처럼 그랜드 캐니언의 지층 또한 수백 만 년 동안 시련의 세월을 견뎌왔을 것이다. 그랜드 캐니언은 남성 보디빌더의 단단한 근육과 닮았다. 하지만 그 멋진 육신 속에 품은 사랑은 더없이 순수하고 아름다웠으리라.

　올인 드라마의 주인공 이병헌이 이곳에 와서 절망을 딛고 희망을 외쳤듯 인생이 외롭고 고단할 때는 그랜드 캐니언에 와서 희망찬 미래를 얻어 가면 좋으리라.

　'처음 그날처럼' 올인 주제곡을 부르는 박용하의 음성이 웅장한 그랜드 캐니언 계곡 사이를 잔잔하게 흐른다. 콜로라도 검푸른 강물 속으로 사랑이 울면서 흐른다.

언젠가 널 다시 만날 그날이 오면 /너를 내 품에 안고 말할 거야 /너만이 내가 살아온 이유였다고 /너 없인 나도 없다고 /언젠가 힘든 이 길이 끝이 나는 날 / 그대 곁에서 내가 눈 감는 날 /기억해 나의 사랑은 네가 마지막이었단 걸 /처음 그날처럼……

－올인 OST '처음 그날처럼' 중

바라기 공원에서 추억하는 흑진주
-괌

칼바람이 불면서 바람막이 옷을 입고 겉에 두꺼운 잠바를 입고 바라기 공원을 걷고 있습니다. 혼자서 걸을 때만큼은 어떠한 생각을 하든 구속받지 않고 상상할 수 있는 자유로운 시간입니다. 그렇게 혼자만의 세상 속에 빠져 걷고 있는데 하얀 손수건만 한 휴지 한 장이 낙엽 속에 섞여 내 발끝에 챕니다. 순간 몇 년 전 스노클링을 하면서 서태평양 바다를 누볐던 괌의 한 소년이 떠오릅니다.

괌은 서태평양 마리아나 제도 최남단에 있는 섬이며 지금은 미군의 군사력 핵심 역할을 수행하고 있는 섬입니다. 1521년 포르투갈의 항해사 마젤란에 의해 발견한 섬이랍니다. 괌을 라드로네스 섬, 도적들의 섬이라고 불리기도 했답니다. 올해는 북한의 김정은이 핵을 괌에 쏘겠다고 위협을 가하기도 했던 곳이지요.

서태평양 바닷속은 샤갈이 그려놓은 듯 화려한 열대어들이 팔만 뻗으면 잡힐 듯했습니다. 물결 따라 흔들리는 산호초의 유연함과 우아함에 시간 가는 줄 모르게 바닷속에 빠져 있었습니다. 몇 시간 동안 내 손을 잡고 바닷속을 유영하던 그 소년, 지금 22살쯤 되었을 겁니다. 수심 깊은 바닷속에 잠수해서 개성 있게 생긴 조개를 건져주고 잘생긴 수석도 건져주던 소년이었고 빼빼로처럼 마른 체구, 까만 얼굴에 흑진주 닮은 눈동자로 나를 바라보던 소년이었습니다.

스노클링 했던 그 시간 동안은 소년이 나를 지켜주는 흑기사였습니다. 물을 유난히 좋아했던 나는 그 소년과 평생을 바닷속에서 살고 싶다는 아주 위험한 생각을 잠깐 했었답니다. 마지막 잠수를 하고 나온 그의 손에는 쓰레기 한 줌이 들려 있었습니다. 흑진주 품은 전복을 건져 나오려나? 기대했던 마음보다 저는 더 놀랐습니다. 바다를 지키려는 정의로운 생각이 나를 감동하게 했습니다. 자기 집 앞은 자신이 쓸어야 한다는 자조적인 정신이 새마을 정신이었지요. 그 소년은 이미 우리의 새마을 정신을 품고 있었습니다. 15~16살밖에 안 뒤 소년의 마음이 수심 깊은 바다보다 더 깊고 넓었기 때문입니다. 팁을 기본보다 더 주었더니 극히 사양했던 소년의 순수한 마음이 가을하늘을 닮았습니다.

늦은 가을날, 오늘은 그 소년이 아니 이제는 어엿한 청년이 되어 있을 그 사내가 오늘은 몹시 그리워집니다. 양파처럼 껴입은 옷 훌훌 벗어버리고 맨몸으로 서태평양 검푸른 바다로 뛰어들고 싶습니다. 물론 그 소년과 함께 말입니다.

핀다만 장미꽃이 황홀한 꿈을 접고 고개를 숙이고 있습니다. 앙상한 나뭇가지에 올망졸망하게 달린 홍시들이 첫 추위에 떨며 매달려 있습니다. 홍시는 안간힘을 다해 매달려 있다가 새들에게 자신을 보시할 겁니다. 때가 되면 피고 지는 자연의 순리 따라 우리 삶도 함께 덤벙덤벙 흘러갑니다. 2017년, 마지막 남은 달력 속에 당신은 어떤 추억을 남기고 싶습니까?

저랑 함께 서태평양으로 떠나 보시렵니까?

안개 사랑
-영국 런던

    안개꽃이란 꽃말만 들어도 왠지 아련한 느낌이다.

    새벽이슬이 솔잎 끝에 모인 눈물방울 같다.

    1997년 런던 히드로우공항 대합실에는 여러 나라 인종들이 작기 다른 분위기를 풍기며 북적대고 있었다. 공항에 대기한 버스에 올랐을 때 안내양의 첫 인사말이 내 귀를 의심하게 했다. 영국이 슬픈 날 방문을 하게 되었다고 했다. 다이애나 전 왕세자빈 그녀가 오늘 새벽에 파리에서 교통사고로 운명을 달리했다는 것이었다. 몇 번을 되물었으나 대답은 같았다. 처음에 영국의 왕세자빈은 그녀의 언니가 물망에 먼지 올랐었다고 한다. 그러나 왕가에서 다이애나를 보고는 청순한 모습에 결정을 달리한 것이란다. 순간의 선택이 한 인생을 바꾸어 놓은 것이다. 그때 그녀가 간택이 아니 되었더라면 지금쯤 어떤 인생을 살았을까. 그녀는 나와 같은 소띠 해에 태어났다. 영국 왕가에 그녀의 등장은 버킹엄궁만큼이나 화려했다. 하얀 면사포에 갓 떠오른 만월의 미소를 지으며 찰스 왕세자의 팔을 끼고 결혼식을 올렸던 그녀에게 15년 후의 비극적 종말을 누가 예측할 수 있었을까.

화려한 무대 뒤에는 언제나 어두운 그림자가 있게 마련이다. 그녀는 남편의 외도에 힘들어했다. 아무리 지중해의 넓은 가슴을 지녔다 해도 끝없이 부는 바람에 흔들리지 않을 수 있었겠는가. 그녀의 인내심은 한계를 벗어나기 시작했다. 현대를 살아가는 그녀로서도 살아 꿈틀대는 정열을 삭히기엔 너무 아름답고 젊은 나이였다. 그녀는 왕세자빈이라는 멍에를 쓰고 현실을 감당하기 힘들었는지도 모른다. 그녀는 서서히 마음의 짐을 풀기 시작했고 대담하리만큼 염문을 뿌리기 시작했다. 보름달의 미소가 서서히

일그러지고 있었다. 결국 그녀는 두 아들을 두고 이혼에 이르렀다. 그녀는 세계의 자선단체에서 많은 활동을 하고 있었다. 150여 개의 사회단체에 참가하고 있고 세계에서는 그녀의 활동을 주시하고 있었다. 자신이 소유한 부(富)와 영국의 왕세자빈이라는 위치, 더 중요한 것은 그녀의 내면 깊이 숨어있는 건강한 정신으로 활발한 활동을 전개했다. 그러던 그녀가 1997년 파리에서 자동차를 타고 파파라치들에 쫓기어 가다가 교통사고를 당했다. 그녀 곁에는 연인 도디 파예드가 같이 탔고 함께 숨졌다.

그녀의 짧은 생에는 무엇을 남긴 것일까.

그녀의 사랑 관은 무엇이었을까?

다음 날 나는 버킹엄궁으로 향했다. 다행스럽게 까만 모자와 검정 옷 한 벌이 있어 조문에 필요한 예의를 갖추었다. 나는 노란 들꽃 한 송이를 꺾어 버킹엄궁 옆 길가에 마련된 빈소에 놓았다. 길가는 조문객들의 차량으로 마비가 되었고 길거리마다 빈소마다 꽃다발들이 산더미처럼 쌓여있었다. 어린 소년의 눈에서 흐르는 굵은 눈물 줄기가 흐르고 있다. 담벼락 밑에 앉아 멍한 눈으로 다이애나의 사진을 뚫어져라 보고 있는 소녀와 영국 국민의 슬픔이 이국인인 나의 폐부 깊숙이 전이됐다. 피부색은 틀려도 눈빛은 달라도 수많은 사람은 애써 슬픔을 삼키고 있다. 한 아름의 꽃다발을 안은 채 눈물을 흘리고 있는 젊은 청년의 모습은 오랜 감동으로 남아 있다.

비운(悲運)의 최후를 맞이한 그녀, 애정행각 중에 죽은 여자에게 호화로우리만큼 세계는 그녀의 죽음에 관심이 많았다. 프랑스, 이태리, 오스트리아, 스위스 등 여행지의 뉴스 시간이면 어김없이 다이애나를 화면으로 만나 볼 수 있었다. 테레사 수녀를 만나는 모습, 빈민굴 아이들의 손을 잡는 장면, 화려한 자선쇼를 하는 모습, 첫아들을 안은 어머니의 모습, 네 식구의 단란한 한때가 텔레비전을 독점하고 있었다.

우리나라는 그녀의 죽음을 놓고 과대 보도하는 것에 납득이 안 된다는 여론이다. 물론 결혼생활을 놓고 동서양의 견해 차이는 있을 수 있다. 특히 일부종사해야만 하는 우리나라는 특히 그녀를 이해하기란 쉽지 않다. 그녀의 죽음을 왕가에서 냉담하게 받아들여졌다 해서 영국 국민은 분노했다. 신사의 나라답게 보수적인 생활을 전통으로 자랑하던 그들인데 왜 다이애나비는 추모하는 것일까. 세계의 방송국들이 앞다투어 그녀의 생애를 대대적으로 보도하는 이유는 또한 무엇을 의미하는 것일까. 그녀가 가지고 있는 잠재능력을 그들은 예견하고 있었는가.

중절모를 쓰고 신사처럼 살아가는 복고풍의 나라에서 한 여인이 피우려 했던 꽃망울은 과연 무엇이었을까. 같은 세대를 살아가는 능력 있는 여인으로서의 그녀가 피우지 못한 채 꺾인 꽃이 아쉬울 뿐이다. 한 남자를 만나서 못다 한 사랑을 하다가 연인과 함께 유명을 달리했다. 견해차겠지만 나는 그녀가 행복한 죽음을 맞이했다고 본다.

안개꽃 한 다발을 허공을 떠도는 구름에 실려 그녀에게 보낸다.

저 멀리 웨스트민스터 사원의 종소리가 템스강물을 따라 그녀의 관 속으로 스며들고 있다.

동심으로 돌아가다
-라오스

'여행은 젊음의 특권이다. 새로운 풍물과 마주하고 낯선 사람들을 만나면서 그의 정신은 부쩍 자란다.' 정민 교수의 말이다.

바다가 없는 나라, 철로가 없는 나라, 돈이 없는 나라, 무질서 속에 질서가 있는 나라, 젊은이들(배낭족)이 선망하는 나라, 아시아의 남은 보석, 레저스포츠의 천국 등 라오스를 수식하는 말들은 많다.

라오스의 수도 비엔티안(달이 걸린 땅) 내 왓 시사켓 사원은 비엔티안에서 가장 오래된 사원이고 이곳에는 다양한 크기의 6.800여 개의 불상이 전시되어있다. 부처님의 갈비뼈를 안치한 45m 높이에 황금 칠한 기대한 사원 파 탓루앙도 있다. 씨엥쿠앙(부다 공원)는 부처와 관련된 많은 조각 작품을 남긴 작가(루앙 푸라)와 함께 조각한 작가들의 혼이 살아 숨 쉬는 불교의 천국이다. 라오스는 우리 한반도의 1.5배의 땅을 가졌지만, 인구는 700만도 되지 않는 조용한 나라이고 라오스의 모든 경제발전은 국제기관의 원조에 의존하는 나라다.

몇 년 전 라오스를 다녀온 지인이 내게 라오스가 더 발전하기 전에 아니 문명사회에 물들기 전에 다녀

오라고 했다. 오늘의 라오스 관광지는 관광객을 유치하기 위해 난개발하고 있고 그 일조를 우리나라 사람들이 담당하고 있다고 했다.

비엔티안 수도 시내 관광을 하고 방비엥에 왔다. 비엔티안에서 4시간 버스로 이동해서 도착한 방비엥의 경관은 아직가 보지 못한 중국의 계림이나 베트남 하롱베이를 닮았다고한다. 수려한 산과 메콩강의 물줄기가 방비엥을 수호하듯 물소리가 힘차다.

다음날 수영복 차림으로 호텔에서 나와 가축이나 건축 자재를 실어 나르는 트럭을 개조한 일명 뚝뚝이 트럭을 탔다. 얼마를 털털거리며 도착한 곳은 현재 사용하지 않는 비포장비행장이다. 거기서 버기카로 갈아탔다. 나는 국내에 있을 때도 카트를 타고 스릴을 즐긴 적이 많아 버기카 운전은 그리힘들지 않았다. 40여 분 버기카 스포츠 레저의 메카 블루라군으로 향했다. 나는 온몸으로 자연을 만끽하며 달리고 있다. 방목하며 키우는 소들이 여기저기 자유롭게 풀을 뜯는다. 소

들은 쌩쌩 달리는 버기카를 두려워하지 않는다. 소똥은 피하지 말고 밟고 지나가라는 가이드의 간곡한 부탁이다. 2차선 도로기 때문에 소똥을 피하다가 사고가 날 우려를 했기 때문이다. 신나게 달려 블루라군에 도착하자 바로 집라인을 탔다. 일행 18명 중 12명만 집라인을 신청했다. 집라인은 A 코스와 B 코스가 있다. A 코스에 비해 B 코스의 난이도가 높았고 B 코스의 마지막 코스는 20m를 번지점프 하듯 외줄을 타고 지상으로 내려와야 한다. 누구보다 당당하고 겁이 없다고 자신했던 나도 20m 앞에서는 심장이 몇 초 멎는다. 공포가 엄습해 오고 발이 동상에 걸린 것처럼 얼어붙는다. 인간이 공포를 느끼는 높이가 11m라고 한다. 하지만 나는 용기를 내서 뛰어내렸다. 지상에 내려온 순간 아무 일도 일어나지 않았고 약간의 두려움을 동반한 놀이였을 뿐이다. 다음 코스는 다이빙이다. 18명 중 아무도 도전을 하지 않는다. 우리 일행의 평균연령이

50대 후반에서 60대 중반까지였다. 나는 먼저 2m 위에서 다이빙했다. 다음은 8m 높이 나뭇가지 위에 섰다. 수심은 5m다. 내가 다이빙을 하기 전까지 20대 와 30대들 몇 명이 괴성을 지르며 뛰어내린다. 사실 나도 다이빙은 처음 시도하는 것이다. 나는 죽기 아니면 까무러치기겠지? 마음을 가다듬고 단전호흡을 했다. 물을 내려다보지 않고 두 팔을 벌렸다. 왼손으로 코를 막았다. 실내 수영장에서 다이빙 연습할 때 코에 물이 들어가서 혼났던 기억이 떠올랐다. 하나둘 셋, 풍덩~~ 5m 깊은 물 속에서 어떻게 나왔는지 정신이 혼미하다. 내 몸이 물 위에 풍선처럼 떠 있다. 일행들의 환호성이 내 다이빙이 성공했음을 대변한다. 해낸 것이다. 굳이 나이를 말하고 싶지 않다. 나이는 숫자에 불과한 것이다. 올봄에 마라톤 5km, 8km, 10km까지 도전하고 완주 메달을 보면서 몇 날을 행복한 마음으로 보냈었다. 내 몸에 봄기운이 아직 남아 있고, 누구 못지않게 건강한 정신과 육신으로 남은 생을 살 거라고 자부하고 있다. 오늘의 다이빙 도전은 마라톤의 도전보다 몇 배 더 자신감을 얻었고 몇십 배의 희열을 나에게 안겨 주었다.

　다음은 튜브를 타고 외줄을 잡고 빛이 없는 동굴 튜빙을 했다. 동굴 튜빙은 시간이 너무 짧아 공포나 스릴을 느끼기엔 아쉬움이 남았다. 그다음 코스는 카약을 타는 것이다. 뒷좌석에 가이드가 타고 2인이 탈 수 있다. 나는 맨 앞에 앉아서 노를 잡았다. 이십여 년 전 동강에서 고무보트를 타고 래프팅을 해 본 경험이 있다. 하지만 카약에 타고 보니 카약 내부가 상당히 좁았다. 가이드의 교육대로 좌, 우로 잘못 움직이면 그냥 물속으로 풍덩 입수할 것 같았다. 카약 타기는 스릴과 함께 즐겁고 재미있는 물놀이다. 라오스는 상대에게 물을 많이 끼얹는 것이 덕이 되고 풍습이 된 나라다. 40여 분 동안 카약을 타고 물장난을

치며 내려오는 동안 어린 시절 고향 친구들과 발가벗고 시냇가에서 물장구치던 생각이 났다. 라오스에서 오랜만에 10대 소녀로 돌아가 레저스포츠를 즐겼다. 말괄량이 삐삐처럼 정말 신나게 놀았다.

　동심으로 돌아간 것이다.

콰이강의 다리
-태국 칸차나부리

아팠던 역사의 흔적은 어디쯤 가고 있을까?

기억하기 싫은 시간을 끌어안고 멍든 물빛으로 제 갈 길만 가는 나그네처럼 콰이강은 흐른다.

2차 세계대전 당시 일본군은 태국과 미얀마 간의 물자 수송을 원활하게 하려고 연합군 포로들과 태국 현지인, 미얀마인 들을 동원해서 강제 노역을 시켰다. 콰이강의 다리에 오기 전에 죽음의 철도에 다녀왔다. 짧은 시일 내에 철도 건설을 하기 위해 많은 목숨이 희생되었다고 해서 죽음의 철도라 한다. 죽은 사자처럼 서 있는 철도에 올라타 보았다. 지국의 욕심을 채우기 위해 무모한 짓을 한 일본에 대해 우리나라를 식민지화한 끔찍한 생각이 떠올라 생각을 달리해 본다. 죽음의 철도 옆에는 철도를 건설하다 죽은 영혼들을 위로하는 동굴사원이 있다. 그 시대에 잘못 태어나 일본의 야욕에 희생된 영혼들을 부처님의 자비로 위로받을 수 있을까? 나는 우리나라 돈으로 시주를 하며 늦었지만, 강제노역에 희생당한 모든 분이 극락왕생하기를 기원했다.

콰이강의 다리 영화는 1957년에 만들어졌다. 이 영화로 인해 세계에서 많은 사람이 콰이강을 찾아온다고 한다. 내가 서 있는 이곳 콰이강의 다리 위에는 각지에서 온 관광객들로 다리를 가득 메우고 있다. 특히 태국의 청소년들이 와서 자국의 아픈 역사를 몸으로 느끼고 있다. 나는 콰이강의 다리 중간에서 태국 남학생들과 함께 사진을 찍었다. 콰이강의 다리 입구 양쪽엔 커다란 대포 두 개가 서 있어 보기만 해도 위압감을 느끼게 한다.

'콰이강의 다리' 영화 내용은 '제2차 세계대전 당시 일본에 포로로 잡힌 영국 군인들이 태국과 미얀마를 잇는 교량을 건설하는데, 영국군 특수부대가 이를 폭파하려 하자 영국 군인들이 다리를 지키기 위해 나서면서 벌어지는 갈등을 다룬 작품이다. 이때 등장하는 '콰이강의 다리'는 점령국 일본과 패전국 영국의 자존심을 나타내는 상징적 구축물이다. 특히 마지막 다리 폭파 장면은 세계 영화사의 길이 남을 명장면 중 하나로 기억되고 있다. 1957년 제작된 이 영화는 1958년 아카데미 영화제에서 작품상 등 7개 부문을 수상한 바 있다.'

－네이버 발췌

　세상 어디를 가도 전쟁의 흔적은 옥에 티처럼 쉽게 볼 수 있다. 전쟁은 인간의 목숨뿐만 아니라 보석보다 귀한 문화유산을 파괴한다. 콰이강의 다리는 부서진 다리를 복구해 관광자원으로 사용하고 있다. 우리는 지금 우주선을 타고 달나라 여행을 꿈꾸는 시대를 살고 있다. 더 이상의 끔찍한 전쟁은 지구에서 영원히 사라져야 한다.

때 묻지 않는 자연 속에서 욕심 없이 순박한 마음으로 살아가는 태국 사람들과 열흘 동안 함께 했다. 행복한 시간이었다.

칸차나부리의 아름다운 자연환경을 품은 콰이강은 과거의 고통을 품고 오늘도 도도히 흐른다.

나이야 와라
−캐나다 온타리오주 나이아가라 폭포

"나이야 와라."

불혹을 넘긴 중년에게 나이를 물으면 머뭇거린다. 무엇이 그들을 주춤거리게 하는가. 캐나다 온타리오주에 있는 나이아가라 폭포에 왔다. 비닐 옷을 입고 유람선에 탑승했다. 거대한 물줄기가 뿜어내는 굉음을 들으며 나이아가라 폭포 밑으로 배가 위태로운 몸짓으로 다가간다. 폭포는 한 치의 머뭇거림도 없이 1분에 욕조 100만 개를 채울 수 있는 물량을 밑으로 쏟아붓는다. 높이 55m, 폭 671m의 나이아가라 폭포는 찰나의 순간이 어느 때인가를 보여주듯 극적인 장면을 연출한다. 배가 폭포 밑으로 들어서면 장대비 같은 물을 온몸으로 맞아야 한다. 그 빗줄기를 세례처럼 맞으면서 중년들은 목 터지라 외친다. "나이야 가라!"라며 말이다. 몇 명의 관광객은 불혹의 나이를 넘어서고 있고 몇 명은 지천명을 넘어서고 있는 그들의 얼굴을 본다. 이곳에서 "나이야 가라!"고 외치면 10년의 세월을 되돌릴 수 있다는 말이 있다. 잠시 물 위에 떠 있는 무지개 같은 외설을 믿고 외치고 있다. 난 다시 그들의 얼굴을 들여다본다. 중년이 되어 미국이나 캐나다 여행을 올 정도면 경제적으로나 시간상으로 어느 정도는 여유가 있는 사람들 아닌가. 그런데 무엇이 아쉬워 세월을 붙잡으려 하는 건지, 이 시간까지 살아 온 삶을 되돌리고 싶어 하는지 모르겠다. 나는 그들이 들으면 뭇매를 맞을지 모르겠지만 역설적으로 외쳤다. "나이야 와라 올 테면 와 봐라 어서어서 와라." 어떤 역경이 날 힘들게 했어도 난 굴복하지 않고 살아왔다고 자부 할 수 있다. 나에겐 포기란 없고, 도전해서 머뭇거린 적이 없었다. 절벽을 만나 추락하는 폭포의 순간이 나는 좋다. 70m 높이에서 계곡과 계곡 사이를 이어주는 집라인을 타는 것도 좋아하고 인도네시아 발리 깊은 계곡에서 래프팅하는 것도, 라오스 8m 높이 나뭇가지 위에서 다이빙하는 것도 좋아한다. 세부에서는 15m 물속에서 스킨스쿠버를 즐기기까지 했다. 나는 스릴을 즐긴다. 두려움은 두려움을 낳는다. 사회생활을 하면서 막다른 절벽에 섰을 때 나는 '까무러치기 아니면 죽는 것'이라는 극단적인 신념을 가지고 도전하며 살아왔다. 왜들 나이를 먹는 것을 두려워하는 걸까. 콜럼버스가 새로운 땅을 찾기 위해 험난한 항해를 시작한 것처럼 인생은 도전하며 살아야 한다. 처음에는 자신의 보폭에 맞는 삶을 끌어안고 걷다가 좀 더 진취적인 삶을 위해서는 구슬땀을 흘리며 뛰어야 한다. 어느 프로레슬러는 운동할 때마다 "하나 더, 하나 더"를 외치면서 운동을 한다고 한다. 남보다 앞서서 하나 더 노력해야만 자신이 꿈꾸는 유토피아를 이룰 수 있는 것이다.

변화는 폭포처럼 일어난다고 했다. 나이아가라 폭포는 미국과 캐나다 경계에 있다. 붉은 노을이 지고 어둠이 스멀스멀 폭포 속으로 걸어오면 오색찬란한 조명과 폭포가 눈 맞추기 시작한다. 무채색이던 폭포는 카멜레온처럼 변신을 한다. 대형극장에서 쇼를 준비하는 쇼걸처럼 화려하게 화장한 폭포는 눈부시게 황홀하다. 소주 한 잔 먹고 이 광경을 바라보는데 세상에 더 이상 부러운 것이 없다. 내장 속에 찌들었던 주름살이 합죽선 부채처럼 활짝 펴지는 기분이다. 여행이란 이런 것이다. 내가 상상했던 그 이상의 광경을 자연적인 것보다 인위적인 것에서 탐미할 때가 종종 있다. 뜻밖의 정경들에 마음을 몽땅 내어 주고 나면 또 다른 이상의 날개가 내 옆구리서 꿈틀거린다.

세계에서 가장 큰 3대 폭포가 있다. 잠비아와 짐바브웨 국경을 이루는 잠베지강 상류에 있는 빅토리아 폭포와 브라질과 아르헨티나 국경에는 이구아수 폭포가 있다. 그 뒤를 이어 나이아가라 폭포가 세계 3대 폭포 중 하나다. 몇 년 전 이구아수 폭포 상류에 있는 악마의 목구멍 앞에 섰을 때, 나는 '헉'하고 목구멍이 막힐 뻔했었다. 뒤통수를 한 대 맞은 듯했던 그 기분은 시간이 흘렀어도 생생하다. 장엄한 대자연 앞에서 개미처럼 작아졌던 순간을 생각만 해도 감동적이다. 세계 3대 폭포 중 두 개를 보았으니 난 버킷리스트의 목표를 어느 정도 이룬 셈이다.

‘천둥소리를 내는 기둥’이라는 뜻을 가진 나이아가라 폭포 앞에 서서, 대나무처럼 꺾이지 않고 휘어지며 살아 온 내 인생에 손뼉을 친다. 그리고 폭포의 천둥소리보다 더 힘찬 목소리로 외친다.

"나이야 와라."

기적 속의 사막
−두바이 부르즈 할리파

인간만의 신의 권위에 도전할 수 있다. 그래서 인간은 신의 권위를 갖고 싶은 욕망으로 바벨탑을 세웠다. 이집트에 있는 피라미드보다 앞서 지은 고층 건축물이 바벨탑이다. 바벨탑은 세계 최초의 고대 건축물이다. 그러나 신에게 도전한 인간의 오만함으로 인해 바벨탑은 끝까지 쌓지 못했다. '온 땅의 언어가 하나요, 말이 하나'인 도시가 완성 되지 못한 것은 '소통'이 되지 않았기 때문이라고 한다.

세계에서 가장 높은 빌딩 앞에 서 있다.

사막 속의 기적, 세계 최고, 세계 최대의 건축물이라는 수식어가 빈말이 아니었다. 오일머니의 힘을 적극적으로 이용해 모래 위에 기적을 세운 것이다. 사막의 꽃을 모티브로 디자인 한 부르즈 할리파(829.84m)는 일일 최대 공사 투입 인원이 9,000명이있고 착공 60개월 만인 2010년에 개관했다. 버즈는 아랍어로 '탑'이라는 뜻을 가졌고 칼리파는 아랍 에미리트 대통령의 이름인 '칼리파 빈 자이드 알나하얀'에서 땄다고 한다. 부르즈 할리파(부르즈 할리파)는 세계 최고 높이라는 경이로움에 세계가 주목했다. 우리나라 건설회사인 삼성물산은 세계 3대 초고층(대만 타이베이 TFC 101 빌딩, 말레이시아 페트로나

스 빌딩, 부르즈 할리파) 시공으로 글로벌 건설사로 부상했다. 우리나라 건설회사가 지구에서 가장 높은 빌딩을 건설했다는 것에 자부심이 느껴진다. 개관식 때는 셰이크 모하메드 국왕이 참석했다고 한다.

40도가 넘는 태양으로 데워진 물의 욕망이 명곡에 의해 멋진 춤사위를 보여주는 두바이 몰 분수 쇼가 영혼을 이탈하게 한다. 해가 지면 건축물의 외관을 다양한 빛으로 발산하는 조명 쇼는 부르즈 할리파 건물을 색다른 관점으로 느끼게 해 주며 보는 이들에게 탄성을 자아내게 한다. 10시간 동안 비행기를 타고 온 피곤함이 청량음료를 마신 듯 상쾌하다. 124층 전망대에 올라가 두바이 시내를 바라다본다. 사막 가운데 오아시스처럼 도시는 건설되었고 이 시간에도 두바이 시내는 형이상학적인 디자인으로 설계된 건물들이 우후죽순처럼 솟아오르고 있다. 이렇듯 역동적인 두바이를 방문한 젊은이들에게는 두바이가 희망의 도시로 주목받을 것 같다.

우리나라 잠실에 있는 롯데월드타워 (555m, 2016년 개관)'을 바라볼 때마다 자부심을 느낀다. 세계 최고의 높이는 아니지만, 서울 어느 곳에서 바라보아도 우뚝 솟아 있어 발전한 서울을 보여주는 것 같아 좋다. 롯데월드타워를 착공할 당시 반대 의견으로 많은 갈등이 있었던 것으로 기억된다. 폭풍 없는 항해는 있을 수 없다, 요즘 롯데월드타워를 볼 때마다 감동을 하는 것은 행복한 가정을 지켜준 아버지의 등처럼 듬직해 보이기 때문이다. '붓'을 형상화해 건설한 롯데월드타워는 하늘에다 무한한 상상력으로 시나 소설을 쓸 것 같은 느낌이 들어 좋다. 석촌 호수에노 곧 두바이 몰분수 버금가는 분수가 생긴다는 소식을 들었다. 기대가 크다.

두바이는 돈과 과학으로 이룩한 인간 승리의 표본 같은 도시다. 풀 한 포기 자랄 수 없는 거대한 사막은 오일달러에 힘입어 중동 금융의 중심 도시가 되었다. 두바이 공항은 세계 주요 항공사들을 취항해 세계 어느 도시로든 갈 수 있는 중추적인 공항으로 자리 잡았다.

나는 이 거대한 건축물 앞에서 경외감마저 느낀다. 잡초 하나 뿌리내리지 못하는 모래 위에 잡초 한 뿌리 꽃 한 송이를 피우기 위해서 모래 속에 구멍이 뚫려있는 검은 호수를 거미줄처럼 깐다. 그리고 그 위에 흙을 덮고 시간마다 스프링클러처럼 물을 공급해 준다. 이것을 보고 오일 보다는 물 한 방울이 얼마나 소중한지를 느꼈다.

인간들은 자신의 이름을 떨치기 위해서 하늘에 닿을 만큼 높은 탑을 쌓다가 신이 인간의 오만함을 벌해 서로 말을 알아듣지 못하게 했고, 결국 탑을 끝까지 쌓지 못한 채 온 세상에 흩어졌다는 바벨탑의 교

훈을 되새김하고 싶은 이유는 무엇일까.

　얼마 후면 사우디아라비아에 부르즈 할리파보다 더 높은 빌딩이 세워진다고 한다.

　인간의 욕망은 어디까지 치솟을 것인가.

성의 자유
-인도 카주라호

　오묘한 빛을 머금은 사원이 있다. 그곳은 인도 중부 마디아프라데시주 차타르푸르 행정구에 있는 '카주라호'다.

　분델칸드 지역에 칸델라 라지푸트족의 왕들이 건축한 사원이다. 시바 신, 비슈누 신외에 대사제들에게 봉헌한 85개의 카주라호 사원들은 현재 20개만 남아 있다. 건축 연대는 1000년경 전후로 몇 개의 사원을 제외하고는 모두 사임으로 지어졌다. 사원들의 내부와 외부를 장식한 조각들은 모두 성적인 내용으로서 섬세하면서 표현이 살아 움직이는 듯 리얼하게 조각되어 있다. 함께 간

중학생과 고등학생이 함께 보기 민망할 정도의 장면들이다. 우리나라가 일부일처제를 고수하는 관점에서 볼 때 이해하기 쉽지 않은 사원이다. 이 중에 가장 유명한 사원은 35m 높이를 이루고 있는 칸다리아 마하데바 시바 신전이다.

미투나는 남녀의 성적 교합을 소재로 한 조각을 의미한다. 인도 카주라호 사원을 장식하는 미투나상도 난교에 해당한다. 재미있는 것은 조각들이 다양한 성적 유희 장면을 담고 있고 일대일 성교가 아니라 세 사람 이상이 한데 엉켜서 섹스를 하는 장면들이라는 점이다. 여러 쌍이 동시에 성교하는 모습도 쉽게 볼 수 있다. '말과 성교하는 남자, 이를 엿보는 여자'. 다소 엽기적인 장면도 조각도 해 놓았다. 상식적으로 상상할 수 없는 난해한 장면이 등장하고 사원 안에는 남근상이 모셔져 있기도 하다. 미투나상에 대해 마하트마 간디는 "다 부숴버리고 싶다."라고도 했다고 한다. 탄트리즘의 근본적인 개념은 탄트라 정신적인 지식을 의미하는 산스크리트의 탄트라에서 왔고 이 어원은 '스스로 지식을 넓히고 몸의 실천적인 수행을 통해 익히는 것을 말한다.'라는 뜻이다. 섹스를 통해 해탈에 이를 수 있다고 설명하는 탄트리즘의 정신을 한눈에 볼 수 있는 곳이다. 남녀의 성 결합은 인간이 육체적 본능으로 추구하는 사랑의 본질을 이룬다. 카마수트라는 힌두교 경전 중 하나다. 이 경전은 남녀의 육체관계와 정신적 결합에 이르는 설명을 하고 있다. 또한 성적 만족은 원초적 욕망을 만족시키고 원활한 성생활로 인한 정신적 수양을 통해 사회생활을 정상적으로 할 수 있다고 본다. 고학력자나 저학력자를 떠나, 빈부의 차 없이 섹스는 모든 인간이 즐길 수 있는 권리를 갖고 있다. 성생활로 인해 인간의 니르바나 가능성을 깨달은 것이다. 성적인 자극과 육체적 욕망을 있는 그대로 만끽하고 나체로 즐겼던 원시사회의 난교 흔적이 종교를 통해 유지된 현상으로 볼 수 있다.

여인의 젖가슴 한쪽이 반질반질하다.

전 세계인들이 와서 한 번씩 만져보았기 때문이다. 고등학교 1학년인 아들이 여인의 조각상 앞에서 머뭇거린다. 나는 아들의 손을 잡고 여인의 가슴에 만지게 했다. 아들의 귓불이 진달래꽃잎처럼 붉어진다. 2년 후면 아들도 성인이 될 것이고 사랑하는 어인을 만나게 될 것이다. 여체에 관심이 많을 나이가 아닌가. 이곳은 성교육의 진수를 보여주는 에로틱한 사원이다. 사원의 조각들이 섬세하고 아름다워서 입이 다물어지지 않는다. 무슨 일이든 할 수 있는 나라, 무엇을 상상하든 불가능이 없는 나라가 인도다. 예술의 경지까지 이르게 한 카주라호 에로틱 미투나 서부 사원 군은 유네스코에 등재된 세계문화유산이기도 하다.

섹스는 짐승과 인간 모두가 본능적으로나 의도적으로도 필요한 행위이다. 섹스를 종족 번식을 위한 본능이라고 하기도 하고 또 다른 측면에서 성을 상품화하기도 한다. 하지만 원앙새를 보라. 한 쌍이 맺어지면 죽을 때까지 함께 하지 않는가.

사랑하는 사람을 만나면 손잡고 싶고 키스하고 싶고 섹스를 하고 싶은 것은 당연한 이치다. 인간의 원초적 본능을 깨우게 하는 또 다른 차원의 종교 사원이 카주라호다.

물속에서의 짜릿한 느낌
-필리핀 세부에서 스킨스쿠버 도전

    딸을 낳으면 비행기를 탄다고 했던가.

    딸 내외의 초대로 세부에 왔다. 동남아 여러 나라를 다녔지만, 이번 여행은 딸 가족과 함께하는 여행이어서 남다른 기분이 들었다. 세부는 필리핀에서 손꼽히는 휴양지다. 리조트에 짐을 풀고 보니 푸른 바다가 부채처럼 펼쳐져 있고 부대시설로 골프장과 물 깊이가 다른 수영장도 여러 개가 있는 조망 좋은 곳이다. 딸 낳기를 잘했다는 생각이 든다. 나는 모든 운동을 좋아하는 편이다. 그중에 수영만큼은 혼자서도 종일 할 수 있기에 제일 좋아하는 운동이다. 우리는 모두 어머니의 뱃속에서 양수와 함께 열 달을 놀다 나온 존재다. 물에 대한 두려움을 없애고 마음만 먹으면 누구나 물과 친해질 수 있는 자격을 충분히 갖고 태어났다. 이번 여행에서 나는 내가 하고 싶었던 버킷리스트에 속했던 스킨 스쿠버에 도전장을 내밀었다. 몇 년 전 필리핀의 휴양지 파타야 에서는 바닷속에 13미터 깊이까지 들어가 본 적이 있었고 괌에서도 10미터 이상의 바닷속에 들어가 물고기에게 먹이를 주고 나왔다. 하지만 그 바닷속에서는 돌아다니지 못하고 그 자리에 서서 물속을 감상해야만 했다. 스노클링도 몇 번을 해 보았지만 큰 스릴은 느끼지 못했다. 나만의 산소통을 메고 바다를 누비고 싶었다. 바닷속에 서서 물고기에게 밥을 주는 것만으로 만족하지 못하고 있던 터였다.

딸과 사위와 스킨스쿠버를 하기 위해 교육을 받았다. 오랜만에 가슴이 두근두근한다. 무엇인가 새로운 것에 도전한다는 것은 흥미로운 일이다. 깊은 바닷속에서 만날 수생생물은 어떤 빛깔로 나를 맞이해 줄까? 풀장에서 우리나라에서 파견 나온 여강사의 주의 사항을 듣고 시범을 보고 예행연습을 했다. 드디어 입수 직전, 내 생명을 지켜줄 산소통을 등에 지고 나니 순간 심장이 멎는 듯하다. 딸과 사위의 얼굴에서도 긴장감이 맴돈다. 강사가 날 데리고 물속으로 들어간다. 내 담당 강사는 피부가 검고 눈이 부리부리한 건장한 필리핀 남자였다. 들어가도 좋으냐는 수신호를 보낸다. 난 엄지와 검지를 동그랗게 그려 답을 했다. 넘실거리는 파도 속으로 드디어 입수한다. 처음에는 5미

터 정도 들어가서 기념 촬영을 한다. 무릎을 꿇고 ok사인을 하고 수신호로 사랑한다는 하트도 그리면서 긴장을 풀고 잠시 적응하고 나서 강사와 단둘이 바닷속을 누빈다. 산호 속에서 사는 물고기 니모(흰동가리)는 산호 숲속과 내 곁을 맴돌며 술래잡기를 한다. 형형색색 열대어들의 유영에 천국이 바로 이곳이구나 하며 나도 천국에 온 것 같아 행복하다. 10미터쯤 들어가려는데 귀가 아파 온다. 손으로 코를 막고 입을 닫고 크게 심호흡을 한다. 비행기 타고 고도를 올라가면 귀가 멍할 때 취하는 행동이 물속에서도 똑같이 이루어진다. 수압 때문에 귀가 아픈 것이다. 15미터쯤 내려가더니 담당 강사가 괜찮겠냐고 묻는다. 나는 손가락으로 동그라미를 그리며 괜찮다고 했다. 아름다운 바다 속, 수많은 산호초가 두 살 된 손주 피부처럼 부드럽다. 그림물감으로 문신을 한 것 같은 열대어들이 유유자적 노닐며 먹이를 찾기도 하고 친구도 만나고 데이트도 즐긴다. 기암괴석 사이사이에 전기뱀장어가 숨어 먹이를 노린다. 바닷속에 들어간 지 20분 지났을까 강사가 나가자고 한다. 난 더 깊이 내려가고 싶다는 눈빛으로 고개를 저었다. 강사가 내 아쉬움을 알아차렸는지 내 손목을 끌고 5미터 더 내려간다. 순간 물속이 암흑이다. 바닷속이 보이질 않는다. 바다 절벽까지 온 것이다. 나중에 알고 보니 이곳 수심은 이백 미터가 넘는다고 한다. 순간 두려움이 밀려온다. 절벽 끝에서 본 바닷속은 지옥 같다. 저 깊은 바닷속에는 어떤 생물이 살고 있을까? 좀 더 스킨 스쿠버를 배우고 도전해야겠다는 마음으로 바다를 나왔다.

딸과 사위의 효도 관광으로 온 세부에서의 바닷속 추억은 영원히 잊지 못할 여행 중 하나로 남으리라.

도전 '스킨스쿠버'

6월의 에메랄드빛 바다 오랜 세월 나를 유혹했고 그 유혹에 순응한 시간
양양 기사문항 등푸른 바다는 호락호락 마음을 내어주지 않고 나의 용기를 시험했다
어깨를 짓누르는 두려움의 무게를 짊어지고 뛰어든 고해(苦海)
숨고르기 몸 가누기 쉽지 않다

파도의 지휘아래 미역 뒤에 숨어 일상을 즐기던 놀래미 걱정스런 눈빛으로 나를 응시하고
하마처럼 입 벌린 멍게 호흡 거친 나를 놀리는 것만 같아
작은 해파리 한 마리 나체로 살랑살랑 촉 흔들며 불안한 내 맘 힐끗 훔쳐보는데
오리발 끝에 걸린 해초 그물인줄 알고 놀란 가슴 시간이 흘러도 오금 저린다

새해 첫날처럼 맞이한 동해의 속살 설렘과 함께 동행했다
백문이 불여일견이란 고사성어처럼 몸으로 느껴보지 않고는
진정한 바다의 숨결을 느낄 수 없다

더 넓고 깊은 바다의 속내를 탐닉하기 위한 첫 모험
바다를 믿고 내 육신과 영혼을 맡긴 채 하늘을 바라보니

하늘과 나 나와 바다 하나가 되었다

소금 같은 존재를 꿈꾸며
-볼리비아 우유니 소금사막

'소금 사막에 비가 내리면 하늘이 내려와 소금과 몸을 섞는다.'

난 지금 남미의 심장 볼리비아 우유니 소금 사막 중앙에 서 있다. 눈 앞에 펼쳐진 소금 사막의 세상은 틀림없는 천국이다. 죄 하나 짓지 않고 죽어 천국에 간다면 그 세상이 이곳이 아닐까. 여기까지 오는 길은 긴 시간과 고산병(고도 3,600m)을 감수하고 와야 하는 고된 여정이다.

우유니 소금 사막은 남아메리카 대륙 속에 보석처럼 자리하고 있다. 중부 안데스 산지의 고원 지대인 알티플라노(Altiplano) 남부에 형성된 소금 호수로, '우유니 소금사막' 혹은 '우유니 염지' 등으로도 불린다. 우유니 소금사막은 약 10,582㎢가 된다. 우기 때(12월 ~2월) 우유니 사막은 세상에서 가장 큰 거울이 된다. 자동차가 달리면 자동차 밑 부속들이 내장처럼 훤히 들여다보인다.

신발을 벗고 소금물에 발을 담갔다. 소금과 하나가 되는 순간 온몸에 전율이 흐른다. 나는 나체가 되고 몸속에 숨어있던 비밀들이 자박자박 걸어 나오는 느낌을 받는다. 소금의 결정체가 내 발끝에서 영혼까지 정화를 시킨 것일까. 값비싼 음식을 먹어도 간이 맞지 않으면 맛있는 음식이라 평가할 수 없다. 나는 평소에 소금 같은 존재만 되어도 성공한 삶이라는 신념을 가지고 살아왔다. 작은 소금 한 알 한 알이 모여 거대한 경관을 만들고 이 나라 사람들은 소금(매장량 100억 톤 이상)을 팔아서 생계를 유지한다. 소금이 얼마나 소중하고 값진가를 생각해 본다.

　이 여행에서 나는 온전히 나를 내려놓았다. 순수의 세상에서 더 이상의 욕심을 가져서는 안 된다는 것을 깨달았다. 천국 같은 하늘 호수라는 말이 거짓이 아니다. 세상을 살아가면서 때로는 막다른 골목을 만난 것처럼 앞날이 캄캄할 때가 있다. 그럴 때 끝이 보이지 않는 순백의 세상 우유니 소금사막에 올 수 있

다면 얼마나 좋을까.

　통장에 돈이 아무리 많아도, 명품 옷을 입고 값비싼 보석을 몸에 걸쳐도 만족하지 못하는 사람들이 있다. 그 사람들에게 우리나라 반대쪽에 있는 이 신비한 곳을 죽기 전에 한 번 가 보라고 권하고 싶다. 순백의 하루를 비췄던 태양이 서서히 어둠에 자리를 내어 주기 시작한다. 순결한 처녀가 초경을 치르듯 하늘이 붉은빛으로 물든다.

　소금 같은 존재를 꿈꾸며 나는 우유니 소금사막을 내려놓는다.

악마의 목구멍
−아르헨티나, 브라질 이구아수 폭포

악!

세상의 모든 악이 한군데로
모여 물속에 숨어있는 감옥으로
빨려 들어가고 있다.

누구도 그 감옥 속을 감히 들
어가 보지는 못했지만, 지구상
에서 가장 죄질 나쁜 죄인도 악
마의 목구멍 폭포 속에 육신만
잠깐 담갔다가 나와도 개과천선
하여 천사의 날개를 달고 나오
리라.

세계여행을 꿈꾸고 꼭 가 보고 싶었던 곳 중 하나가 이구아수 쏙포를 만나는 일이었다. 몇 년 전 미국과 캐나다 국경에 있는 나이아가라 폭포를 만나고 나서부터 이구아수에 대한 나의 짝사랑은 갈증을 느낄 정도였다. 난 지금 오랜 시간 그리워했던 곳에 서 있다. 이 장엄한 폭포 앞에 선 나는 여린 이슬비 한 방울같이 느껴졌다. 이구아수 폭포가 '거대한 물'이라는 평이 결코 과한 것이 아니었다.

　이구아수 폭포는 이구아수강이 서쪽으로 굽이치며 파라나 고원의 가장자리를 흐르다가 협곡으로 흘러 들어가는 지점에서 생긴다. 아르헨티나와 브라질 국경 지역, 파라나강과의 합류점에서 상류 쪽으로 23km 지점에 있다. 높이는 82m이고 너비는 4km나 된다. 275개의 크고 작은 폭포들로 형성되어 있다. 어제는 아르헨티나에서 이구아수 폭포 아래를 감상하고 오늘은 브라질에서 이구아수 폭포 위에서 보고 있다. 두 나라를 통해서 보아야 이구아수의 모든 면면을 관찰할 수 있다. 브라질에서 헬기를 타고 하늘 위에서 이구아수 폭포를 내려다본다. 하늘에서 내려다본 이구아수 폭포는 어떤 형용사로 표현할 수 없을 정도로 장대하다. 자연이 주는 경이로움에 전율이 인다. 단 일 초도 쉬지 않고 흐르는 수량에 할 말을 잊는다. 그런데 섬을 중심으로 두 개의 지류로 갈라진 이구아수강이 다시 합류하여 현무암 및 용암층을 지나 가르칸타델리아 블루(악마의 목구멍)이라 불리는 깊은 틈 사이로 낙하하는 모습을 '심연으로 뛰어드는 대양'이라는 말로도 묘사한다고 한다.

　세상에 태어나서 처음으로 만난 폭포는 30여 년 전 신혼여행지인 설악산 비룡 폭포가 전부였다. 물 맑고 큰 폭포였기에 신선한 감명을 받았던 기억이 스쳐 지나간다.

얼마 전에는 샌프란시스코 요세미티 국립공원에 있는 낙차 지점이 739m로 미국에서 가장 높은 요세미티 폭포도 만나 보았다. 하지만 지금 이구아수 폭포 앞에서는 폭포에 대한 나의 상식을 초월하고도 남는다.

내 영혼까지 한입에 집어삼킬 듯한 악마의 목구멍 폭포 앞에서 목석이 되어 한참 서 있다. 그동안 내 가슴 속에 켜켜이 쌓여있던 모든 허물을 벗어 폭포 속에 던져 버렸다.

남편의 소홀함에 서운했던 나는 술기운을 빌어 자주 하소연했다. 별거 아닌 일에 예민했던 감정들이 폭포 앞에서는 카타르시스를 느낀다.

세차게 흐르는 물속에서 자라는 포도스테뭄과의 수생식물이 부러웠다. 폭포 곁에서 낮잠 자는 악어도 울창한 숲을 벗 삼아 뛰어노는 원숭이도 부러웠다. 베고니아 옆에서 살아가는 이끼까지.

이구아수 폭포를 가슴으로 품고 기원한다.

지구가 존재하는 한 이 거대한 물줄기가 우리 몸속에 흐르는 혈관처럼 멈추지 않기를….

PART Ⅱ
나를 찾아서 떠나는 여행

잃어버린 도시
-페루 마추픽추

공중의 도시 마추픽추(2,450m) 머리 위에 서 있다.

비행기를 세 번 바꿔 타야 하고 버스와 기차를 갈아타며 긴 시간의 벽을 넘고 힘겹게 올라왔다.

그 누구보다 먼저 마추픽추의 일출을 볼 욕심으로 일찍 일어나 산 중턱까지 운행하는 셔틀버스를 타고 올라왔다. 욕심은 욕심일 뿐 너무 이른 아침이라 운무에 둘둘 말린 마추픽추는 한 치 앞도 보여주질 않는다.

이곳은 신선이 사는 곳이 틀림없다. 목젖까지 내려온 흰 수염에 흰 도포 자락 날리며 참선하는 신선이 존재하고 손오공이 구름 위를 뛰어다니며 마음껏 평화와 자유를 느끼고 있는 듯 착각을 하게 하는 곳이다. 운무에 쌓인 마추픽추를 바라보며 엉뚱한 상상을 하고 있을 때, 도시를 감싸고 있던 구름이 하얀 거짓말처럼 사라진다. 순간 거대한 안데스산맥이 수호신처럼 마추픽추를 경호하고 있고 삼국지에 나오는 장비처럼 서 있다. 그 밑을 흐르는 우루밤바강 중심에 떠 있는 지붕 없는 도시가 한 눈에 들어온다.

인구 2만 명이 살았었다는 공중도시의 신비한 정경을 마주한 나는 경이로움에 앞서 깊은 들숨을 쉬었다. 여기가 바로 페루 잉카인들의 자부심 마추픽추이다.

세계 7대 불가사의 중 하나인 마추픽추, 인간의 한계가 어디까지인가를 깊이 생각하게 하는 건축물임이 틀림없다.

20여 년 전 나는 강화도에 야산을 사서 육필 문학관을 지었다. 나무를 베고 토목공사를 하다 보니 돌

산이었다. 300평을 토지를 만들기 위해 일 년 동안 많은 비용과 긴 시간을 투자해야만 했다. 해발 30m도 되지 않는 언덕을 평지로 만드는데 얼마나 어려운가를 경험해 보았다. 그것도 기계문명인 포클레인의 도움을 받았는데도 불구하고 말이다. 작은 돌멩이 하나를 다룬다는 것이 얼마나 고된 작업인가를 체험해 보았다.

약 1450년에 잉카인들은 어떤 도구를 사용하였기에 돌의 세상을 세울 수 있었을까? 그들의 기술력 앞에서 할 말을 잃는다.

스페인의 침략을 피해서 세운 잉카 제국에는 '잃어버린 도시'에 궁전이 있다. 신전이 있고 의식에 사용된 의례품 저장소도 있다. 학교와 묘지가 있고 산을 계단식으로 깎아 옥수수와 약초를 재배한 경작지도 있다. 천체 관측을 했던 것으로 보이는 건축물도 있다. 왕의 궁전 밑 지하는 감옥으로 사용한 흔적도 보인다.

마추픽추는 높이 5m 두께 1.8m의 성벽으로 두텁게 싸여 있는 요새 도시이고 1911년에 예일대학교의 히람 빙엄에 의해 발견되었다. 마추픽추는 콜럼버스의 신대륙 발견 이전에 세워진 도시다. 어느 건축가는 "깊고 깊은 계곡 위에 세워진 이 도시는 자연의 우주적 광경이다."라고 했다. 마추픽추를 보고 외계인의 지구 기지였다는 말을 부정하고 싶지만 인정하고 싶어진다. 가무잡잡한 피부, 왜소한 겉모습, 다소 유식해 보이지 않는다는 이유만으로 잉카인을 과소평가한 것이 잘못된 편견이었음을 깨닫는다.

마추픽추를 한눈에 볼 수 있는 와이나픽추로 향했다. 하루에 제한된 인원만 오를 수 있는 와이나픽추는 '젊은 봉우리'란 뜻이고, 반대로 마추픽추는 '늙은 봉우리'란 뜻이다.

300m 더 높은 와이나픽추를 오르는데 정신력으로 버티지 않았다면 도중에 몇 번 포기할 뻔했다. 와이나픽추를 올라가는 구간마다 직각 70도로 올라가야 한다. 젊은이들만 올라갈 수 있다는 결론을 내리고 싶어질 만큼 힘이 든다. 70도 계단 앞에서는 나의 힘과 정신마저도 무력해진다. 진땀으로 범벅 되어 오른 정상에서 본 공중도시는 인간 승리의 정점이라고 해도 과언이 아니다.

높이 올라가야만 더 넓은 세상을 볼 수 있고 그 세상을 품을 수 있다.

정상에 오른 이 희열은 땀 흘려 고지를 오른 자만이 느끼는 특권이나.

마추픽추는 잃어버린 공중도시가 아니다.

인간이 얼마나 창조적인가를 보여주는 지구상의 유일한 대표적 건축물이다.

티티카카호수 속에 울려 퍼진 아리랑
−볼리비아 티티카카호수

"아리랑 아리랑 아리리오. 아리랑 고개를 넘어간다."

티티카카호수는 남미에서 가장 큰 호수다.

순수한 아이의 수정 같은 눈망울을 닮은 호수는 긴 여행에 지친 육신과 정신을 맑게 한다.

갈대로 만든 인공 섬이 저 멀리서 어서 오라 손짓한다.

'작은 새의 귀여운 울음소리'라는 티티카카호수는 해발 3,820m의 높은 곳에 있는 호수다. 이곳의 넓이는 제주도보다 4배나 크다. 호수가 아니라 바다라고 해도 믿을 만한 넓이다. 잉카인들은 지구가 생성될 때 티니카카호수가 만들어졌다고 믿고 있다고 한다.

유람선이 원주민이 거주하는 인공 섬에 도달했을 때 귀에 익은 아리랑 노랫소리가 시원한 물바람 소리에 실려 정겹게 다가온다. 1m 40cm도 안 되는 작은 키에 알록달록한 전통 복장을 한 원주민 부인들과 아이들이 인형처럼 서서 어설프게 아리랑을 부르며 우리를 맞이한다. 한국 관광객이 온다는 정보를 미리 전해 들었으리라.

이 넓은 호수에는 갈대와 비슷한 식물인 토토라를 잘라 만든 인공 섬들이 40여 개 떠 있다. 학교와 교회도 있는 제법 큰 섬이다. 토토라로 만든 집과 배의 수명은 일 년 정도라고 한다.

정겨운 노랫가락 소리에 맞추어 검은 손을 잡고 배에서 내린다. 순간 내 몸이 휘청이며 갈대 섬이 가라앉지나 않을까. 덜컥 겁마저 났다.

원주민 우로스 사람들은 공격적인 잉카와 코야스 부족을 피해 이 티티카카호수로 들어와 섬을 만들고 살아왔다. 그들은 자신의 사생활공관을 관광객들에게 공개하고 토속품을 만들어 팔며 생계를 유지한다. 전 세계에서 밀려오는 관광객들을 상대로 이들의 삶은 살짝 빛이 바랜듯 의도적이며 상술적인 면이 느껴진다. 관광객을 상대로 호객행위까지 하고 있기 때문이다. 하지만 티티카카호수가 주는 멋진 풍경은 의구심을 품은 나의 마음까지도 정화하기에 충분했다. 긴 사다리를 타고 올라가 우로

스섬 전체를 보았다. 망망대해에 떠 있는 신비한 섬이다. 어떻게 이곳에 갈대(토토라)가 뿌리를 내리고 그 줄기를 잘라 집을 짓고 살아갈 생각을 했을까.

　이번 남미 여행을 통해서 불가사의한 일들을 많이 보았고 그 모든 역사를 인간이 이룬 것임에 감탄할 뿐이다. 원주민이 만든 토속품 여러 개를 샀다. 무엇이든 팔아주고 싶었다. 때론 이들도 뭍으로 나가서 문명이 발달한 현대도시의 삶을 영위하고 싶으리라. 나는 이들이 지구가 멸망하지 않는 한 온전히 이곳을 지켜주기를 바랐다. 현대문명에 찌든 사람들이 이곳에 와서 자연의 위대함과 소중함을 느끼고 치유하고 돌아가리라.

　동요 산토끼를 유창하게 거꾸로 부른 이들이 한국이라는 나라를 얼마나 궁금해할까? 이들은 생계를 위해 세계 각국의 노래를 노래방 기계처럼 돈만 주면 부를 것이다. 그래도 좋다. 이들이 여기서 맑은 물소리, 새소리, 바람 소리와 함께 자연환경에 순응하며 살아가 주길 간절히 바랄 뿐이다.

　원주민들이 어눌한 발음으로 불러주는 아리랑 노랫소리를 잔물결로 지우며 뱃머리를 돌려 뭍으로 향한다.

　중천에 떠 있던 해가 어느새 긴 황금 꼬리를 우로스섬에 내린다.

　노을과 사랑에 빠진 섬, 이 황홀한 물빛 속에 내 육신을 던진다.

　이 멋진 호수와 한 몸이 되고 싶다.

　도심으로 가는 배의 시동을 끄고 싶다.

바람이 이끄는 대로 호수에 머물고 싶다.
중년의 사랑이 더 황홀하다 했던가?
티티카카호수에 빠진 석양빛은 중년의 빛이다.

짠! 빙하 위에서 마시는 한 잔의 위스키
–파타고니아 모레노 빙하

뒤뚱 뒤뚱거리며 세상에 태어나서 처음 땅을 밟는 느낌이 이럴까.

걸음마를 떼는 한 살 된 아기처럼 아이젠을 신고 안내자의 구령에 맞춰 한 발 한 발 빙하를 오른다.

아이젠의 칼끝이 파타고니아 모레노 빙하의 오래된 침묵을 깬다.

그동안 다른 나라에 있는 작은 빙하를 여러 번 만났었지만, 아르헨티나의 도시 부에노스아이레스 크기만 한 빙하 위를 걷는다는 것은 신세계를 만나는 것과 같은 느낌이다.

어제는 숫자로 셀 수 없는 오랜 세월을 품고 있는 빙하를 만나기 위해서 아르헨티나의 남부 엘 칼라파테 인구 2만 명이 사는 도시에서 하룻밤을 묵었다. 이 작은 도시의 소박한 밤 풍경은 피곤이 누적된 나에게 고향 집에 온 것처럼 편안한 휴식을 주었다.

오늘은 로스 글라시아레스 국립공원 내의 아르헨티노호에서 붉은 홍학들의 우아한 자태를 만나 황홀했고 산 중턱에 그림처럼 펼쳐져 있는 그레이 빙하를 감상한 후에야 모레노 빙하를 만났다.

아르헨티나 탐험가 프란치스코 모레노는 아르헨티나와 칠레 사이의 국경선이 설정되는데 큰 공헌을 했다고 한다. 모레노 빙하의 이름이 붙여진 것이 바로 그 이유라고 한다.

티끌 하나 없는 맑은 물이 하늘빛을 머금고 빙하에 길을 내며 흐른다. 손바닥을 오므려 물을 뜬다. 손이 시리다. 온몸이 굳고, 긴장한 채 빙하를 오르려니 목이 말라온다. 한 모금의 빙수는 내 입술을 적시고 식도로 넘어간다. 어떤 청량음료보다 시원했다. 빙하 중턱까지 올라간다. 작은 실수로 기우뚱 넘어질 뻔했다. 건장한 가이드의 손길이 아니었으면 자칫 크레바스에 빠질 뻔했던 아찔한 순간이었다. 깊이를 가름할 수 없는 크레바스에 빠지면 아무리 유능한 119대원도 구조해 낼 수 없다.

신마저도 어찌할 수 없는 위험한 함정이 빙하 곳곳에 산재해 있다. 우물처럼 팬 곳에는 눈이 호강할 만큼 영롱한 빛을 머금은 물이 고여 있다. 손을 넣으면 닿을 것 같지만 사람의 마음처럼 깊이를 가름

할 수 없다고 한다. 빙하의 중턱을 내려오는데 오를 때 보이지 않던 빙하 사이사이마다 검은 띠가 보였다. 먼지였다. 천혜의 자연 품속에 있는 빙하에도 미세먼지가 있다. 아무리 선비처럼 고고하고 순수한 인간이라도 털어서 먼지 안 나는 사람 없듯, 이곳에도 먼지는 쌓이고 그 위에 또 다른 얼음이 얼어 먼지를 덮어 준다. 자연 세계와 인간 세계의 공통점이 아닌가 싶다. 검은 띠를 오를 때 보지 못하고 내려올 때 보이는 이유는 무엇인가. "내려갈 때 보았네 올라갈 때 못 본 그 꽃"(고은)을 쓴 시인의 마음이 보인다.

미지의 세계에 신비했던 마음이 조금 희석될 때 즈음, 앞에서 안내하던 가이드가 수만 년 잠자던 푸른 심장의 빙하를 깨기 시작한다. 열 명쯤 되는 일행들을 빙 둘러서 있게 하고는 작은 식탁과 잔을 준비하더니 위스키를 꺼낸다. 투명한 플라스틱 잔에 깍두기 크기만큼 깨트린 빙하를 넣고 위스키를 따른다. 한 잔씩 마시란다.

오호통재라!

자칭 술꾼인 나다. 한 잔 술에 검은 띠를 보고 속상했던 마음이 싹 사라졌다. 단숨에 마신 위스키 한 잔은 빙하를 오를 때 마신 빙수보다 몇 배나 내 심장을 상쾌하게 해 주었다. 술 못 마신다는 동행자들의 술까지 몽땅 마셔 버렸다. 빙하의 오묘한 기운이 내 영혼 속으로 파고든다.

빙하 위에서 마시는 한 잔의 위스키.

그 맛에 중독되고 싶다.

세상에서 가장 아름다운 공동묘지
–아르헨티나 레골레타 묘지

망자를 위한 도시가 있다.

세상에서 가장 멋진 공동묘지는 아르헨티나 부에노스아이레스 도심에 자리하고 있다.

남미 여행에서 가 봐야 할 곳 중의 하나가 레골레타 공동묘지다.

내 고향 집은 경기도 김포시 대곶면 석정리라는 깊은 산 중에 있다. 큰 마을에서 멀리 떨어진 집에 가기 위해서는 길섶에 있는 상여를 보관하고 있는 허름한 건물을 거쳐 가야 했다. 유난히 겁이 많던 나는 그 상엿집을 지나칠 때마다 무서워서 혼자 지나가지 못했다. 긴 머리를 풀고 소복 입은 처녀 귀신이 나타날까 봐 늘 두려웠다. 수많은 망자를 실어 나르던 화려한 상여와 무명옷을 입은 상주와 동네 어른들이 만장을 날리며 "이제 가면 언제 오나 어여 어여" 하며 구슬픈 장송곡을 부르며 묘지로 향하던 상여를 수없이 보며 자랐다. 그런 상여가 있는 곳집을 지나친다는 것은 나에겐 소름 돋는 일이었다. 어스름한 저녁 산소가 많은 곳을 지나치려고 하면 난 항상 앞뒤로 언니를 대동해야만 했다. 우리나라의 공동묘지는 산속 깊은 곳을 택하거나 햇볕 잘 드는 명당자리를 골라 망자를 모셨다. 근래 장례문화는 화장하고 공인 된 납골당으로 모시고 있는 것이 일반적인 추세다.

　'정신적인 묵상을 하는 장소'라는 뜻을 지닌 레골레타 공동묘지는 묘지가 아니라 슬픔을 간직한 아름다운 조각 공원이다. 1880년부터 1930년까지 아르헨티나는 경제적인 호황을 누렸다. 그 시기에 부호들이 세운 것이 레골레타 공동묘지다. 프랑스나 이탈리아 조각가들에 의해서 만든 조각들은 보는 이로 하여금 탄성을 내게 한다. 부의 위력을 죽어시도 보어주는 한 예라 할 수 있다. 대통령의 묘지부터 예술가와 유명 인사들, 부를 축적한 모든 재력가가 이곳에 잠들어 있다. 묘지 중앙에서 여섯 갈래로 나누어져 있는 공동묘지는 전체적으로 볼 때 하나의 거대한 조각 작품을 보는 듯하다. 이 중에 사람들의 많은 관심을 끄는 묘지는 에바 페론 묘지다. 나는 '에비타' 영화를 본 후 후안 페론 대통령의 영부인 에바 페론의 팬이 되었다. 에바 페론의 묘는 생각했던 것보다 검소했다. 33년의 짧았던 삶을 영위한 에바는 죽어서도 아르헨티나의 우상이었다. 부에노스아이레스 중앙도심에 자리한 큰 빌딩에도 아름다운 에바의 대형 초상이 걸려 있다.

나는 그녀의 묘소에 붉은 장미꽃 한 송이를 헌화했다. 전 세계인들이 레골레타를 찾고 반드시 참배하는 곳이 에바 페론의 묘라고 한다.

　그녀는 태생부터 불행했다. 가난한 시골에서 태어났고 그것도 사생아라는 사회적으로 멸시받는 출생의 에바 마리아 두아르테. 그녀는 성장해서 나이트클럽의 댄서로 활동한다. 그 후 라디오 성우와 영화배우로 거듭나면서 출세를 위한 야망을 키워나가다 노동부 장관 후안 페론을 만난다. 그녀의 의도적인 접근을 통해 후안 페론과 사랑을 나누고 그 후 후안 페론은 대통령이 되면서 에바는 아르헨티나의 퍼스트레이디가 된다. 에바는 영부인으로 있으면서 가난한 자들의 편에 서서 기금을 모으고, 노동자들을 위해 헌신적으로 일하며 불평등을 척결하기 위해 노력했다고 한다. 국민에게 추앙받던 에바 페론은 청천벽력과도 같은 암 말기 판정을 받고 젊은 나이에 사망한다. 그녀의 육신은 레골레타에 묻혔다. Don't Cry For Me, Argentina (아르헨티나여 울지 마오) 마돈나(에바 역)의 노래가 어제도 오늘도 내일도 전 세계인들의 심금을 울릴 것이다.

　레골레타를 돌아보면서 제일 먼저 부의 위력에 압도당했다.

　죽음은 끝이 아니다. 죽음은 또 다른 시작이다.

　레골레타는 죽음에 대한 슬픈 기억을 예술 조각으로 승화시켜 고인의 넋을 위로하는 걸작을 남겼다.

　죽어서도 누군가에게 기억되는 사람이 된다는 것이 얼마나 큰 축복인가.

지상에서 가장 화려한 축제
–브라질 리우 카니발 삼바 축제

　코파카바나의 바닷물결은 이미 취해 출렁거리고 있다.

　지상에서 가장 화려한 축제하면 브라질 리우데자네이루에서 열리는 리우 카니발 삼바축제가 제일 먼저 떠오른다. 25일간의 남미 여행 대미를 장식할 수 있도록 삼바축제 일에 맞추어 여행을 감행했다. 세상에 태어나 모든 축제를 다 참석할 수는 없지만, 삼바축제만큼은 꼭 보고야 말겠다는 소신으로 이번 여행 일자를 조정 계획했다. 축제장에 가기 전에 코파카바나 해변을 찾았다.

　일 년 내내 따뜻한 기온으로 해수욕을 즐길 수 있는 코파카바나 해변은 이미 축제 분위기로 들 떠 있었다. 뜨거운 정열로 버무려진 라이브 음악이 흐르는 술집에 자리를 잡았다. 맥주 세 병쯤 마시고 있는데 사람들이 하나둘 일어나더니 모래 위에서 맨발로 삼바를 추기 시작한다. 내 마음을 사로잡은 것은 연세가 80세 정도 되어 보이는 어르신이 휠체어를 탄 채로 춤을 추는 모습이었다. 그 모습을 보자 내 몸이 뜨거워지기 시작한다. 내 의지와 상관없이 어깨가 들썩거린다. 나가서 춤을 출까 말까 망설이는데 "우물쭈물하다가 나 이렇게 될 줄 알았다"라고 유언을 하고 죽은 버나드 쇼우의 말이 떠오른다. 나는 벌떡 일어나 신발을 벗어 던지고 휠체어 앞에 다가서서 춤을 추기 시작했다. 동양 여자의 도발적인 행동이 할아버지를 자극했는지 할아버지가 갑자기 휠체어에서 벌떡 일어나시더니 나와 스텝을 맞춘다. 와! 하는 환호성과 함께 관객들의 카메라 포커스가 우리를 향한다. 내 용기가 브라질 할아버지를 회춘시킨 것이다. 브라질 어르신과 신명 나게 몸을 풀고 난 뒤 삼바 축제장인 '삼바 드 로모'로 향했다.

매년 2월 말에서 3월 초에 열리는 삼바축제는 토요일 밤부터 시작해서 수요일 새벽까지 열린다. 이 축제는 포르투갈에서 온 주민들의 사순절 축제와 아프리카에서 끌려 온 노예들의 전통 타악기와 연주, 춤이 어우러져 탄생했다고 한다. 이 축제 기간에는 전 세계에서 수십만 명의 관광객이 몰려온다. 축제장엔 이미 수많은 인파가 장관을 이룬다. 6만 명을 수용할 수 있는 이 경기장은 이 축제를 위해 건축된 전용 축제장이다. 7만 원 주고 표를 사고 2층 경기장에서 축제를 관람했다. 코파카바나 해변에서 마신 술기운이 남아 있어 6만 명 관객과 하나가 되어 축제를 즐긴다. 네온사인처럼 빛을 내는 머리띠를 사서 둘러맸다. 삼바 축제에 참여 중인 한 그룹에 속한 무용수는 많게는 4천 명에 이른다. 그 규모는 우리가 상상하는 그 이상을 초월한다. 첫 팀이 웅장한 규모로 등장한다. 눈부시게 화려하고 아슬아슬한 섹시함의 극치가 지금 내 눈앞에서 펼쳐졌다. 여자 무용수의 요염한 자태가 여자인 내 심장까지 흥분하게 만든다. 지금, 이 순간만큼은 어떤 민생고도 다 잊고 행복한 마음으로 축제를 즐긴다. 정열의 나라, 브라질 산바 축제장에 모인 전 세계인이 하나가 된 시간이다. 나는 자정까지 캔 맥주를 마시면서 축제를 만끽했다.

페루 쿠스코를 거쳐 비밀 공중도시 마추픽추를 만났고, 볼리비아 우유니 소금사막에서 세상 짠맛의 진수를 맛보았다. 칠레 산티아고에서 소금을 안주로 테킬라 한 잔을 마셨고 아르헨티나에서 만난 섹시한 탱고와 레골레타의 묘지에서 사후세계의 간절한 부활을 읽었다. 우수아이아 땅끝 마을에서 만난 한국인의 삶을 통해 인내로서 모든 환경을 극복하고 살 수 있다는 새로운 정신세계를 만났고, 파타고니아 모레노 빙하 위에서 마신 위스키의 짜릿한 느낌이 아직도 내 푸른 심장 속에 살아있다. 이구아수 폭포에 와서는 악마의 목구멍에 흘러 들어가는 물의 양으로 인해 아마존의 소중한 존재 가치에 대해 전율하며 자연보호의 중요성을 체감했다.

지금 이 시각, 난 브라질 리우데자네이루라는 멋진 도시에서 남미 여행의 마지막 밤을 리우 카니발 삼바 축제를 즐기고 있다.

저 멀리 빵 산의 강렬한 네온이 축제장을 빛내주고 있다.

세계 7대 불가사의 리우 예수상은 축제장에 온 모두에게 "신나게 즐기다 건강한 모습으로 돌아가라"라며 사랑 가득한 눈빛으로 두 팔 벌려 축복하고 있다.

난 지금 황홀하게 행복하다.

어머니의 강 갠지스
-인도 바라나시

 무조건 떠나야 했다.

 마음이 산발한 여자의 머리카락처럼 엉키어 풀리지 않는다.

 무거운 배낭을 둘러메고 인도에 왔다.

 어머니의 강 바라나시의 풍경은 책이나 방송을 통해 예습한 그대로의 모습으로 정신이 없다.

 뿌연 강물에 목욕하는 사람들은 사원에 기도하러 가기 전에 몸을 정길하게 닦는다고 한다. 지은 죄가 많아 씻어볼까 목욕재계를 하려고 했더니 남편과 아들이 물이 오염되었다고 극구 말린다. 목욕재계 대신 배를 타고 발목까지만 물에 담갔다. 시바 신이 내 죄를 발목만큼 용서해 주었을까?

 강물 위에는 짐승들의 사체가 집 잃은 쪽배처럼 둥실둥실 떠다닌다. 저쪽에서는 빨래하고 이쪽에서는 관광객들이 바로디아(작은 접시)가운데 놓인 초에 불을 붙이고 소원을 빌며 강물에 띄운다.

 소 한 마리가 죽음을 맞이하고 있는데 그 옆에서 한 노파가 자기 옷을 벗어 덮어준다. 짐승의 죽음 앞에 슬퍼하고 있는 그의 모습에서 동물을 신성시하는 인도인의 정신을 보았다.

저 멀리 관을 맨 몇 사람들이 강가로 내려간다. 갠지스강에 관을 풍덩 풍덩 두세 번 담갔다가 꺼내더니 장작 위에 올려놓는다. 불을 피우자 장작이 활활 타오르고 불길에 젖은 다홍 천이 순식간에 관을 집어삼키듯 에워싼다. 몇 분이 채 되지 않아 시체가 드러난다. 키가 제법 큰 젊은 남자다. 어린 시절, 개를 잡는 모습을 목격한 적이 있다. 개를 나무에 목을 매서 죽게 하고는 불에 그슬린다. 그때 개의 그을린 모습과 흡사하다. 불을 지피던 인도 할아버지가 작대기를 들더니 타다 만 시체의 배 위를 내리친다. 오장육부가 허공에 파편처럼 튀더니 시체는 두 동강이가 나고 이내 불 속으로 사라진다. 관광객들은 눈을 감기도 하고 고개를 돌리며 구역질까지 하는데 나는 그 광경을 보면서도 어떤 동요나 느낌도 들지 않는다. 그저 한 마리의 짐승이 타고 있는 것 같다. 죽음을 슬퍼하며 곡하는 사람도 없다. 어머니의 강에서 태어나, 생활하고 죽는 순간에도 어머니의 강 품속에서 영원한 안식을 얻는다고 믿는 것이 인

도인들의 신앙이다. 타다만 시체는 그대로 강물 속에 던져 넣는다.

인도에서는 자신의 시체를 태울 나무를 마련하는 일에 중요한 의미를 두고 장작을 많이 쌓아놓는 사람이 부자라고 한다. 육신을 모조리 태우는 것이 마지막 바람이다. 여기저기서 주검들이 한 줌의 재로 남는 화장터 모습마저도 관광 상품화 되어 있는 듯해 보인다.

'신성한 물을 차지한다'라는 뜻의 갠지스강은 인도 북부를 흐르는(2,510km) 큰 강이다. 힌두교도들이 성스러운 곳으로 숭배하는 곳이기도 하다. 갠지스 평원은 세계에서 가장 기름지고 인구가 밀집한 지역이며 인도인에게 갠지스강은 어머니 같은 상징적 존재다. 갠지스강은 힌두교의 여신 시바의 신비스러운 영혼이 깃들어 있다고 믿는다. 여기서 소원을 빌고 죄를 씻고 망자를 보내고 의식도 치른다. 매일 저녁이 되면 다샤스와메드 가트에서 강가 여신에게 바치는 '아르띠 뿌자'라는 제사를 치른다.

산발한 여자의 머리카락처럼 엉키었던 내 마음이 이해타산 없이 무상부념 흐르는 갠지스상을 바라보며 한 올씩 풀어지기 시작한다. 수많은 사연을 안고 갠지스강을 유영하는 바로디아의 촛불이 인도인의 순수한 눈빛으로 빛난다.

인도에서의 배낭여행을 무사히 끝내게 해 달라고 기원해 본다.

오아시스를 꿈꾸며
-인도 자이살메르 꾸리 사막

사막이 아름다운 건
어디엔가 우물이 숨어있기 때문이야.
눈으로는 찾을 수 없어. 오직 마음으로 찾아야 해.
-생텍쥐페리의 '어린 왕자' 중에서

  델리에서 자이살메르까지 기차여행을 했다.

  지난밤 거미줄같이 복잡한 델리역 플랫폼에서 기차를 타지 못할 뻔했다. 오토릭샤를 타고 델리역으로 가는 과정에서 교통체증 때문에 시간이 늦어진 것이다. 서서히 출발하는 기차를 따라 젖 먹던 힘까지 다해 뛰었다. 머리에 피가 하얗게 솟구칠 정도로 달려가 마지막 칸에 올라탔다. 만약 이 기차를 놓쳤다면 하루를 델리에서 노숙할 뻔했다. 아슬아슬했던 그 순간이 입안에 굴러다니는 모래알 속에 함께 섞여 있다.

  밤새 사막 위를 달렸다. 입안뿐만 아니라 옷 위에도 모래가 하얗게 쌓여있다. 낡은 기차 창문 틈 사이로 모래알들이 날아들어 온 것이다.

　사막은 어떤 생각을 하며 날 기다리고 있을까?

　꿈에 그리던 사막 위를 걷고 있다. 내가 걷는 게 아니고 낙타가 걷는다. 두 개의 물혹 사이에 앉아 낙타와 한 몸이 되어 춤추듯 흔들리며 걷는다. 일곱 마리의 낙타와 일곱 명의 나그네, 일곱 명의 낙타 몰이꾼과 함께 꾸리 사막으로 가고 있다. 몇 시간쯤 가다 보니 정오가 되었다. 낙타 몰이꾼이 점심을 준비하느라 부산하다. 다행히 사막에 나무 한 그루가 그늘을 마련해 준다. 하나의 나무 그늘이 얼마나 소중한지 그때야 알았다. 쉬고 있는 사이에 몸에 쌓인 노폐물을 버리고 싶어진다. 참으로 난감하다. 민둥산 같은 사막 어느 곳에서 바지를 벗고 볼일을 본단 말인가? 아들에게 스카프로 가려달라고 한 뒤 일을 치렀다. 거친 손으로 만든 인도식 점심을 달게 먹었다. 그런데 특이한 것은 식기를 모래로 닦는 것이다. 사막에선

설거지물도 모래였다. 해가 뉘엿뉘엿 서쪽으로 질 때 쯤 오늘 밤을 지낼 장소라며 짐을 부린다. 나는 낙타에서 내려 아이처럼 모래 위를 뒹굴었다. 모래가 내 살결보다 곱고 바람에 날리는 비단 같다. 여기저기 선인장이 말라 있다. 일행 중 한 분이 바싹 마른 선인장에 불을 놓기 시작한다. 후루룩 한순간 타 버리는 선인장불놀이에 모두 동심으로 돌아간 듯하다.

사막에 누웠다. 종일 사막을 달구었던 해가 지고 나니 별들이 하나둘 눈을 뜨기 시작한다. 별은 손으로 잡으면 잡힐 듯 가까이 떠 있다. 그런데 몸이 으스스 떨리기 시작한다. 기온이 영하도 아닌데…. 인도에서 동사하는 사람이 있다고 해서 믿지 않았는데 낮과 밤의 심한 일교차 때문이라는 것을 실감했다. 옆에 누워있던 아들이 홑이불을 나에게 덮어 준다. 잠시 후 나는 아들에게 홑이불을 다시 덮어주었다. 우리 모자는 밤새 서로에게 이불이 되었다.

여행은 이런 것이다. 아무리 힘들어도 짐 하나 덜어주고 물 한 방울도 나누어 마시며 서로 배려를 하는 것이다. 나는 남편이나 가족과의 사이가 서먹해지면 여행을 떠난다. 가능한 한 멀리 떠난다. 멀리 떠날수록 서로를 의지하게 되고 믿음도 생기고 그리움도 생긴다. 긴 여행을 함께 하다 보면 시들했던 사랑도 새순처럼 솟아오른다.

별빛을 품고 꾸리 사막 속에 잠든 아들의 얼굴이 천사 같다.

사막이 꿈꾸는 오아시스가 바로 이런 사랑이 아닐까.

꾸리 사막

서설 내린 눈밭인 듯
흰 눈 위에 황금 물감 뿌린 듯 착각했어요
모래 위에 누워 보니
목화솜 위에 누운 것 같이 포근해요
사막에 내리쬐던 고운 빛
내 영혼 속으로 들어와요
바람이 모래성을 쌓고 무너지면 또 쌓고
종일 바람과 모래 둘이 그렇게 놀고 있나 봐요
낙타는 사뿐사뿐 모래 위를 걸어요
나를 신고도 가볍게 걸어요
무겁던 내 마음
모래 새 되어 사막 위 날고 있어요

세기적인 사랑의 궁전
−인도 타지마할

사랑의 시작은 어디이고 끝은 어디까지인가?

사랑의 힘은 어느 무게만큼일까?

사랑이란 이름 아래 인간이 행할 수 있는 기적은 어느 정도일까?

타지마할 앞에 서서 나는 사랑에 대한 경외감을 느꼈다.

몇 년 전 <영등포 투데이> 신문사에 사랑에 대한 연재를 한 적이 있다. 40꼭지의 사랑을 연재하면서 사랑의 본질에 대해 많은 생각을 했고 글을 썼다. 사랑이란 것은 무한한 것이고 어떤 저울로도 무게를 잴 수 없다. 사랑 앞에서는 죽음도 불사할 수 있는 것이라고 나는 믿는다. 그리고 사랑의 힘은 거룩하지만 때로는 잘못된 사랑에 의해 많은 것을 잃기도 한다.

이슬람 제국이었던 무굴 왕조 5대 술탄 샤자한은 어느 날 시장에서 장신구를 팔고 있던 19살 아르주만느 바누 베감이라는 소녀와 사랑에 빠졌다. 샤자한은 그녀에게 '궁전의 꽃'을 의미하는 뭄마즈 마할이란 이름을 지어주었다. 샤자한에게는 5,000명의 후궁이 있었고 뭄마즈 마할은 두 번째 부인이다. 샤자한은 한시도 그녀 곁에서 떨어지지 않았고 17년 동안의 결혼생활에서 아이를 14명 낳았다. 그러나 사랑은 영원하지 않았다. 호사다마(好事多魔)라는 말이 있다. 행복의 신 뒤에는 반드시 불행한 신이 뒤따라오게 마련이다. 뭄마즈 마할은 14번째 아이를 낳다가 39살이라는 나이에 세상을 떠났다. 샤자한은 그녀의 죽음 앞에 하룻밤 만에 머리가 하얗게 변했다고 한다. 세상에서 가장 아름다운 묘를 지어주겠다고 약속한 샤자한은 22년 동안 '마할의 왕관' '선택받은 궁전' '백색의 진주' '꿈의 궁전'이라는 여러 이름을 지닌 타지마할을 아그라의 야무나강 강가에 짓는다. 타지마할을 건축하기 위해 하루에 2만 명의 노동자를 필요로 했고 1,000마리의 코끼리도 동원되었다고 한다. 타지마할은 카멜레온처럼 여러 개의 빛으로 탈바꿈한다. 아침에는 자줏빛이 나고 낮에는 흰색으로 저녁에는 황금빛으로 빛난다. 타지마할 건물 앞에는 긴 연못이 있다. 그 연못은 이슬람의 코란에 등장하는 풍요로운 천국의 연못이라고 한다. 인도의 시인 타고르는 타지마할을 "영원의 얼굴 위에 떨어진 눈물 한 방울"이라고 노래했다. 영국 작가 키플링은 "순수한 모든 것, 성스러운 모든 것, 그리고 불행한 모든 것의 결정이다. 이 건물의 신비는 바로 여기에 있다."라고 했다. 세상에서 가장 아름다운 건축물인 이 타지마할은 세계 7대 불가사의이기도 하다.

23일간의 인도 배낭여행을 하면서 신을 위해 지은 상상을 초월한 건축물을 많이 보았다. 하지만 한 여인을 사랑하고 그 사랑의 힘으로 지어진 타지마할 앞에서는 어떤 언어로도 형용할 수도 있는 수식할 표현 방법도 없다. 그저 아! 하고 감탄사만 연발할 뿐이다. 샤자한은 개인적으로 건축을 사랑했다고 한다.

영묘 안 지하에는 뭄마즈 마할과 샤자한이 나란히 누워있다. 지금도 그들의 사랑은 끝나지 않았고 앞으로도 영원히 사랑할 것이다.

　사랑한 지 얼마 안 되어 양은 냄비 식듯 쉽게 식는 사랑이여! 샤자한의 사랑을 배우라.

　세기적인 사랑의 궁전 타지마할 앞에 가서 사랑을 느껴보시라.

헉!
–캄보디아 앙코르와트

헉!

앙코르와트 앞에 서서 내뱉은 외마디다.

인간은 얼마큼의 욕망을 가진 동물일까? 인간이 신을 믿는 믿음의 한계는 어느 척도일까?

신을 믿는 인간, 신이 될 수 없는 인간, 신이 되고 싶은 인간, 그 욕망과 믿음이 만든 걸작 중의 하나가 앙코르와트다.

수 세기 동안 베일에 싸여 있던 앙코르와트는 12세기 크메르 왕 수리야바르만 2세 때 건축한 것이다. 이 왕조는 약 640년간

지속되었고 한때는 동남아의 최강자로 군림했다. 앙코르와트를 짓기 위해 30년의 세월을 필요로 했고 3만 명의 장인들이 동원되었다고 한다. 그 왕조는 신왕일치 사상을 바탕으로 많은 힌두 신전을 지었다. 그 외에 브라흐마, 비슈누, 시바, 인드라 등 많은 신들을 모셔 놓았다. 앙코르와트는 바르만 왕조가 남긴 세계적인 문화유산이다. 이 사원은 크메르 제국의 흥망성쇠를 한눈에 볼 수 있는 건물이기도 하다. 건물 주위에는 해자가 빙 둘러 있다. 이 해자는 바다를 상징하고 성벽은 히말라야산맥을, 가장 높은 사원은 수미산을 상징적으로 나타낸다. 사암으로 지은 이 사원 중에는 압사라라고 불리는 캄보디아에서 가장 아름다운 천녀(天女) 상이 조각되어 있다. 이 압사라는 '우유 바다를 젓는 장면'에서 거품에서 태어난 요정과 같은 존재이며 춤이나 악기 연주를 통해 신들을 즐겁게 해주는 역할을 한다. 사원 안에는 1,500개의 여신상이 있는데 각기 다른 얼굴을 하고 있다. 이 사원 전체는 예술의 집합체로 종교, 역사, 문학 등과 함께하는데 예술에 많은 기여를 하고 있다. 앙코르와트는 세계에서 제일 큰 사원이기도 하다.

  제3 회랑으로 가는 가파른 계단을 올라가야 신들이 산다고 하는 사원이 있다. 이곳은 수리야바르만 2세의 유골이 안치되어 있다. 이곳에 올라가려면 70도의 계단을 걸어 올라가야 한다. 관광객들이 계단 앞에서 머뭇머뭇한다. 두려움이 앞서기 때문이다. 먼저 올라가고 있는 사람들은 스파이더맨이 되어 사지로 기어서 올라가고 있다. 나 역시 직선으로 우뚝 서 있는 계단 앞에서는 발걸음이 강력접착제에 붙은 것처럼 떼어지지 않는다. 자칭 두려움 없고 용감하다고 자부했었는데 심장이 벌렁거리고 겁부터 앞선다. 한참을 망설이고 있는데 예닐곱 살 된 여자아이가 두 발로 또박또박 계단을 올라가고 있다. 난 무조건 아이의 뒤를 따라 올라갔다. 반듯하게 허리를 곧게 펴고 두 발로 서서 순식간에 25m 위로 올라갔다. 물론 올라가면서 아래를 한 번도 내려다보지 않았다. 무서워 엄두가 나지 않았기 때문이다. 아이가 그렇게 걸어 올라갈 수 있었던 이유는 무서움에 대한 두려움이 없었기 때문이다. 순수한 동심으로 위만 바라보고 올라간 것이다. 의심하면 아무것도 이룰 수 없다. 두려움 없이 순수한 마음으로 올라갈 수 있다는 믿음이 그 아이에게 용기를 준 것이다. 나는 마음으로 아이한테 고마움을 느꼈다. 계단 밑에서 오르지 못하고 쩔쩔매는 어른들은 두려움이 먼저 앞선 것이다.

캄보디아 앙코르와트에 와서 아이의 순수한 동심에 동화되어 작지만 큰 깨달음을 얻었다.

한때 동남아시아의 최강국이 이제는 길거리마다 씻지도, 먹지도 못한 아이들이 관광객을 상대로 호객 행위를 하거나 빈손을 내민다.

신과 동일시되고 싶었던 바르만 왕, 주물로 만든 그의 조각상 하나를 샀다.

이리저리 보아도 그는 그저 평범한 인간의 얼굴일 뿐이다.

철학과 신의 나라, 올림픽의 발상지
-그리스 아테네

"너 자신을 알라"

소크라테스의 이 한마디는 내 인생관에 있어 가장 영향을 준 명언 중 하나다. 너 자신을 알라는 나 자신을 알아야만 양파 속 같은 현실을, 미로 같은 세상을 지혜롭게 살아갈 수 있기 때문이다. 내 주제를 모르고 하룻강아지 범 무서운 줄 모르고 날뛰다가 혼난다는 말처럼 너 자신을 알고 살라는 뜻은 우리 삶에 가장 적합한 말이다. '인간은 육체적 쾌락이나 물질적 풍요보다 더 중요한 영혼의 삶이 있고, 그 영혼혹은 정신의 함양을 위해 노력하는 삶만이 가치 있는 삶'을 주장한 소크라테스는 그리스의 철학자로 아테네 출신이다. 그는 보편적 진리와 절대미(絕對美)와 절대선(絕對善)을 인정했다. 그 방법으로 분석, 비교, 변증, 종합 등의 방법론을 제시했다. 나라가 인정하는 신을 믿지 않는다는 것과 청소년을 타락시켰다는 죄목으로 사형선고를 받았다. 제자들에게 죽음과 영혼 불멸에 관한 이야기를 들려주고 독배를 마시고 최후를 맞은 소크라테스는 "악법도 법이다."라는 말도 남겼다. 플라톤은 스승인 소크라테스에 대해서 "우리가 겪어본 우리 시대의 인물들 가운데 가장 훌륭하고, 가장 지혜로우며, 가장 정의로운 분이었다."

라고 말했다.

　서구 문명의 발상지이고 신화와 올림픽 첫 성화를 한, 그리스 아테네는 지적 예술적 사상이 세상에서 가장 먼저 비롯되었고 민주주의 요람이기도 하다. 철학의 나라, 신의 나라인 아테네에 와서 제일 먼저 생각난 사람이 철학자 소크라테스다. 아크로폴리스 언덕 정상에 우뚝 솟아 있는 파르테논 신전이 눈에 제일 먼저 들어 왔고 파르테논 신전은 지혜의 여신이자 전쟁의 여신인 아테나의 집이다. 아테나는 아버지 제우스의 머리에서 태어났다. 어른으로 태어난 아테나는 어머니 없이 태어났다. 아테나는 바다의 신 포세이돈과 경쟁을 벌였고 그를 이겨서 아테네를 차지하게 되었다. 자신이 만든 올리브 나무를 시민들에게 선물했고 사랑을 받는다. 파르테논 신전은 국제 연합 교육 과학 문화 기구에서 지정한 세계문화유산 제1호이고 유네스코의 심벌마크로도 사용되고 있다.

　그리스 아테네는 올림픽의 발상지다. 그리스의 작은 폴리스 사이에서는 전쟁이 끊이지 않았다. 전쟁에 지친 그리스 사람들은 아폴론 신에게 평화롭게 사는 방법을 물었고 아폴론 신은 함께 모여 운동경기를 하라는 신탁을 내렸다. 그렇게 올림픽의 기원은 시작되었고 그리스의 폴리스들은 4년에 한 번씩 올림피아에 모였다. 운동경기로는 달리기, 레슬링, 원반던지기, 투창 던지기, 전차 달리기의 5종 시합을 하며 평화를 기원했다. 시합 전에는 제우스신에게 제사를 지냈다. 우승한 사람에게는 올리브 나뭇가지로 만든 월계관을 씌워주었고 고대 그리스 올림픽은 천 년 이상 계속되다가 중단되었다. 전 세계가 함께하는 근대 올림픽이 시작된 것은 1896년이다. 그 후 근대 올림픽은 세계의 평화를 기원하는 의미로 시작되었다.

나는 올림피아경기장 앞에서 고대 올림픽에 참가했던 다섯 종목, 청동으로 만든 조각상을 샀다. 세상을 살아가기 위해서는 돈과 명예, 철학도 중요하지만, 그 중의 가장 중요한 것은 건강이 최고라는 것을 기억하기 위해서다. 요즘 나는 걷기대회와 단거리 마라톤에 도전하고 있다. 물론 내 신체에 맞는 보폭으로 달린다.

　"너 자신을 알라"를 되새기며 달리다 보니 에게해의 푸른 파도가 넘실넘실 따라온다.

나일강 속에 흐르는 시간
―이집트 스핑크스와 피라미드

　사하라 사막에서 불어오는 열풍을 싣고 오늘도 나일강은 아무 일 없다는 듯 유유히 흐른다.

　이번 여행엔 초등학교 3학년인 성진이와 동행을 했다. 거대한 피라미드와 피라미드를 지키는 스핑크스를 한눈에 볼 수 있는 곳에 성진이랑 앉았다.

　"성진아, 이모가 수수께끼 하나 낼 테니 맞추어 볼래?"

　"무엇인데요?"

　"목소리는 하나인데 아침에는 네 발로 걷고, 낮에는 두 발로 걷고, 밤에는 세 발로 걷는 동물이 무엇이게?"

　"……"

　열 살짜리가 답하기 조금은 어려운 듯 한참 동안 턱을 괴고 생각한다. 심각하게 고민하는 모습이 로댕의 '생각하는 사람'의 꼬마 조각 작품 같아 귀엽다.

　그리스 전설에 의하면 날개 달린 스핑크스는 행인에게 내가 성진이에게 낸 수수께끼와 같은 문제를 내고 답을 맞히지 못하면 잡아먹었다고 한다. 아무도 맞추지 못한 수수께끼 답을 오이디푸스가 '인간'이라고 답을 하자 스핑크스는 분노를 참지 못하고 바위에 떨어져 죽어 버렸다. 이 수수께끼는 유아기 때는 손발이 네 개로 기고, 자라서는 두 발로 걷고, 노년기에는 지팡이를 짚어 세 발로 걷는다는 인간의 한 생을 비유한 것이다. 이집트 기자(Giza)에 있는 와상 스핑크스는 몸은 사자이고 얼굴은 카프라 왕이다. 한참 고민하는 성진이의 모습 뒤로 얼굴 일부가 손상된 스핑크스가 수호신답게 의젓하게 앉아 피라미드를 지키고 있다.

피라미드 밑에서 걸어 다니는 사람들의 모습이 마치 개미가 기어 다니는 것처럼 작게 보인다. 이 거대한 피라미드들은 고대 이집트의 쿠프 왕, 카프라 왕, 맨카우레 파라오들의 무덤이다. 죽어서도 영원히 살고 싶은 욕망에 사로잡혀 무덤을 만들기 위해 동원된 사람 숫자만도 10만 명이다. 돌길 만드는데 10년, 지하실 만드는데 10년, 피라미드 쌓는데 20년 넘는 세월을 투자했고 돌은 230만 개 쌓았고 무게는 680만 톤이 넘는다고 한다. 인간이 상상하기 힘든 불가사의한 무덤의 존재다. 피라미드로 들어가는 통로는 넓지 않아 등을 굽히고 고개를 숙이며 들어가야 했다. 주검이 되어서도 사람들에게 강제로 고개를 숙이게 하고 문안 인사를 받는다. 시체는 썩지 않도록 미라로 만들었고 그들이 사후세계에서 쓸 유물들은 독자의 상상에 맡긴다. 피라미드 내부를 걸어가며 이 무덤을 만들기 위해 얼마나 많은 사람이 죽어 나갔을까 생각하니 이 미로가 죽음의 길이 아닌가. 등골이 오싹해진다.

아직 죽음이라는 것을 인지하기 어린 성진에게 피라미드의 역사를 어떻게 설명해줘야 옳은지 모르겠다. 하긴 우리나라 경주에도 천마총과 왕들의 무덤이 제주도의 작은 오름처럼 많이 있다. 왕의 권력이 사후세계에서도 얼마나 강하고 위엄이 있는가를 보여주는 예다.

황혼이 물든 저녁, 나일강에서 유람선을 탔다. 고대로부터 종이로 만들었던 파피루스가 강가에서 머리를 풀고 조금은 산만한 모습으로 나를 반긴다. 파피루스 속에서 문명의 발상지인 이집트의 화려했던 한 시대가 흐느적인다. 이집트의 혼이 담긴 음악이 물결 따라 무겁게 흐른다.

어제저녁에 세상에서 가장 크고 멋진 석양을 이곳 이집트 카이로에서 만났다. 손을 내밀면 잡힐 것 같았던 강렬한 석양, 그 노을 눈빛을 닮은 남자 무희가 나를 바라보며 강렬하게 몸을 흔든다.

피라미드와 스핑크스에 비추는 금빛 레온을 뒤로하며 나일강의 시간은 침묵으로 흐른다.

건축가 가우디께 보내는 연서
–스페인 바르셀로나 '사그라다 파밀리아' 성당

    그대 만나러 바르셀로나에 왔어요. 당신이 그리워 긴 시간을 가슴 설레며 왔어요. 내가 찾아온 사그라다 파밀리아 성당은 예수님의 요람에서 부덤까지의 일생이 멋지게 만들어져 있네요. 수십 년 동안 당신의 영혼으로 설계했다지요. 고개를 기린처럼 쳐들고 까치발을 하고 쳐다보아도 당신이 빚은 건축물은 예수님의 일생을 3D 프린터로 빚어 놓은 것 같네요. 동행했던 친구는 성당을 쳐다보다 소매치기까지 당했어요. 그런 불이익을 당했어도 와서 보기를 잘했다고 소매치기당한 돈과 핸드폰값이 아깝지 않다고 하네요.

    여기까지 오게 된 동기가 무엇이냐고요? 제가 10년 동안 운영하던 육필 문학관을 리모델링해야겠는데 어떻게 해야 할지 막막했어요. 그때 당신이 만든 작품이 보고 싶어졌어요. 그래서 무조건 온 거예요. 당신은 1만 킬로미터를 단숨에 날아온 나에게 건축 철학의 진수를 느끼게 해 주었어요. 여기 와서 가이드에게 당신의 일생을 듣고는 눈물을 흘렸어요. 평생을 독신으로 살았고 젊어서 가족들을 잃고 외로운 삶을 산 당신에겐 건축만이 가족이었고 애인이었고 인생의 전부였더군요. 밤새 당신 생각하며 울었답니다. 그냥 슬펐어요. 당신의 내면에 품고 있는 형이상학적인 아름다움을 보며 뭔지 모를 슬픔이 밀려왔어요. '사그라다 파밀리아(성가족성당)' 성당의 내부에 들어가서 한동안 넋이 나갔었어요. 어떻게 이런 상상을 할 수 있었을까. 장편의 서정시를 읽는 것 같은 느낌이 들었어요. 기하학이 강조된 건축이 아니라 나무, 하늘, 구름, 바람, 식물, 곤충. 포도 등 자연 조형물들이 바로 따먹고 싶은 싱싱한 모형으로 살아 있었어요. 그런 자연들이 살아 숨 쉴 수 있도록 색과 빛이 조화를 이루도록 설계를 했더군요. 당신의 관찰력은 곤충학자 파브르처럼 예민했고 우리나라 김소월 시인의 시처럼 서정적 감성을 건축물에 접목한 듯 보였습니다.

당신의 이름은 '안토니 플라시드 기옘 가우디 이 코르넷(Antoni Plàcid Guillem Gaudí i Cornet)'이죠. 1852년 6월 25일에 태어나 1926년 6월 10일에 생을 나감했지요. 당신의 주검 앞에서 많은 사람이 애도했다지요. 그 이유는 당신의 죽음이 너무 허무했기 때문이지요. 당대의 천재 건축가를 치고도 노숙자인 줄 알고 무시한 전차 기사나 택시 운전사의 매정한 행동이 당신

의 죽음을 단축했다지요. 당신은 "옷차림을 보고 판단하는 이들에게 이 거지 같은 가우디가 이런 곳에서 죽는다는 것을 보여주게 하라. 그리고 가난한 사람들 곁에 있다가 죽는 게 낫다"라며 겉만 보고 사람을 판단하는 사람들에게 어리석은 판단을 하지 말라는 경고를 하고 생을 마감했다 들었습니다.

　당신이 만들어 놓은 신세계를 돌아보며 철이 들었다가, 순수한 동심이 되었다가, 현실로 돌아왔다가 비현실 세계로 갔다가, 5차원 세계로 종횡무진 왔다 갔다 했습니다. 사그라다 파밀리아 성당을 보면서 몽환적인 꿈을 꾸듯 황홀했습니다. 당신의 건축학 이론이 "저기 보이는 나무가 자기의 제일 좋은 건축 교본"이라고 일축했다고 들었습니다. 당신이 사랑한 것은 자연이었습니다. 자연의 순수한 영혼이 세기에 영원히 남을 건축물을 만든 것입니다. 당신의 살과 뼈와 혼이 만든 이곳 바르셀로나, 축복받은 이 땅에 내가 서 있다는 것만으로도 행복합니다. 40년 동안, 이 성가족성당 건물을 위해 몰두했던 가우디 당신의 상상력, 집중력, 정신력은 무한한 것이었습니다. 불가사의한 우주의 힘까지 느끼게 하며 신앙심으로 만든 정신 앞에 무릎을 꿇습니다. 오늘 당신과 짧은 만남이었지만 불가능을 가능하게 한 당신의 불가사의한 정신을 존경합니다. 자연 친화적인 당신의 건축학을 육필 문학관에 심어 보겠습니다. 동양에서 온 한 여인이 기도합니다.

　가우디 당신이 태어난 스페인 이 땅에 축복이 함께하기를

　그리고 그대여! 편안히 영면에 드시길……

연가
-뉴질랜드 마오리족의 사랑

비바람이 치던 바다/ 잔잔해져 오면/ 오늘 그대 오시려나/저 바다 건너서/ 밤하늘에 반짝이는/ 별빛도
아름답지만/ 사랑스런 그대 눈은/ 더욱 아름다워라/그대만을 기다리리/영원히 기다리리

-연가 중

언제였던가.

첫사랑을 느끼기 시작할 무렵 라디오에서 달달한 목소리로 사춘기 소녀의 마음을 봄바람처럼 흔들었던 노래, 그 노래는 연가였다. 내륙에서 살았던 나는 연가의 가사에 나오는 '비바람 치던 바다'가 늘 그리웠다. 중학교 3학년 때 찾아온 이른 짝사랑에 빠져 있을 무렵, 이 연가만 들으면 심장이 쿵쿵 뛰곤 했다. 그래 그대만을 기다리리라. 영원히 기다리리라. 다짐했던 마음은 잠시뿐 사랑은 영원하지 않다는 것과 기다림이 지쳐 증오로 변한다는 것을 깨닫게 한 시절이기도 하다. 대학 시절 고등학교, 중학생이었을 때, MT나 수학여행을 가면 캠프파이어 주위에 앉아 부른 노래 중 빼놓을 수 없는 노래가 연가다.

이렇듯 7.80년대 우리나라 청춘들이 가장 많이 회자 되었던 노래를 오랜 세월이 지난 오늘 뉴질랜드 마오리족들의 민속공연 끝에 듣고 있자니 감회가 깊다.

유황 냄새 진동하고 집집마다 뜨거운 열기로 가득한 마오리족 마을을 찾았다. 마오리는 뉴질랜드 원주민이 사는 곳으로 '땅의 주인'이란 뜻이 있다. 오늘날 마오리족은 뉴질랜드 인구 중 14%를 차지한다고 한다. 이들은 민속공연을 통해 자신들의 언어와 전통을 전해주고자 마오리의 정체성을 바탕으로 공연을 하고 있다. 큰 눈을 부릅뜨고 소리를 꽥꽥 지르며 먼 타국에서 찾아온 여행객들을 뜨겁게 환영한다. 얼굴과 몸에 온갖 분장을 하고 칼과 창을 들고 무사의 무서운 행동을 보여주지만 보는 사람이 웃게 만든다. 마오리족의 순진무구한 아이들의 얼굴로 재롱을 떨며 자신들만의 전통을 춤으로 노래로 표현한다. 마지막 공연으로 연가를 부른다. 연가의 고향이 뉴질랜드 마오리족이라는 것을 부끄럽지만 오늘에서야 알았다.

옛날에 원수 집안의 두 마오리족이 있었는데 그들은 매일 싸움만 하면서 치고박고 힘겨루기만 하는 부족이었다. 두 집에는 처녀와 총각이 있었고 두 남녀는 눈이 맞고 말았다. 그들은 바다를 두고 밤새 카누를 저어 오가며 밀회를 즐기다가 들키고 말았다. 둘은 몰래 밤바다 사이를 오가다가 수없이 죽을 고비를 넘기기도 했다. 그 사연을 들은 두 집에서는 죽음을 불사하고 사랑에 빠진 그들을 인정하고 화해했다는 아름다운 사연이 숨어있었다. 그들의 사랑을 위한 노래가 연가다. 밤마다 그리운 사람을 만나기 위해 거센 풍랑이 밀려와도 카누에 몸을 싣고 성난 파도를 밀어내고 그리움을 달랜 애틋한 사랑 노래다. 우리나라의 노래인 줄 만 알고 듣고 불렀던 연가가 뉴질랜드 마오리족의 민요였다.

물의 온도가 100도 넘게 펄펄 끓는 온천지대에 사는 마오리족들의 열정이 있어 사랑도 목숨 걸고 할 수 있었던 것은 아닐까.

뉴질랜드의 원주민 마오리족을 만나 그들의 뜨거운 마음속에 핀 사랑을 느끼고 그들의 영혼으로 만든 전통음식 '항이'를 먹으며 철없던 시절 밤새 울면서 불렀던 연가를 되새김해 본다.

그대만을 기다리리/영원히 기다리리….

애타게 기다렸던 그 사람 지금 어디쯤 가고 있을까?

삶이 그대를 속일지라도
-러시아 푸시킨 시인을 찾아서

삶이 그대를 속일지라도/슬퍼하거나 노여워하지 말라
슬픔의 날을 참고 견디면 /기쁨의 날이 오리니
마음은 언제나 미래에 살고 /오늘은 언제나 슬픈 것
모든 것은 순간에 지나고/지나간 것은 그리워지나니
-푸시킨의 시 '삶이 그대를 속일지라도'중

  이럴 적에 미용실이나 이발소, 식당에 가서 벽을 바라보면 액자 속에 있는 시 한 편을 읽어야만 했다. 배경으로는 사진이든 유화든 자연 속에 어우러져 있는 물레방아가 들에서 쉬지 않고 일하는 농부처럼 물을 퍼 나르고 있다. 집들이나 개업식에 갈 때도 가장 많이 팔린다고 알려진 시. 푸시킨의 '삶이 그대를 속일지라도'이다.
  세계적으로 유명한 시인을 만나기 위해 러시아에 왔다. 러시아에는 가 볼 곳도 만나야 할 대문호도 많지만 나는 그중에 푸시킨을 만나고 싶었다.

　모스크바의 아르바트 거리에 왔다. 푸시킨이 신접살림을 했던 곳을 박물관으로 만들어 놓았다. 박물관 입구에서 일행들에게 이해를 구하고 푸시킨의 '삶이 그대를 속일지라도' 시를 낭독했다. 오랜만에 들으니 좋다며 일행들은 물개박수를 친다. 나 역시 역사적인 장소에서 시를 낭독하니 감회가 깊다.

　곱슬머리와 검은 피부를 가진 푸시킨은 자신의 몸속에 에티오피아 지중해의 피가 흐르고 있음을 자랑스럽게 생각했다고 한다. 유년 시절엔 프랑스인 가정교사의 교육을 받으며 자랐다. 유모로부터 러시아어 읽기와 쓰기 외에 러시아 민담과 민요를 들으며 성장했고 그의 유모는 러시아 민중의 삶과 설화에 대해 깊이 있게 알려주었다고 한다. 누구나 어렸을 적에 동화나 전설을 통해 사회성을 키우고 상상력을 키운다. 푸시킨도 유능한 유모가 그를 대시인으로 만드는 데 공헌을 한 것일지도 모른다. 10세 때 이미 프랑스어로 시를 쓸 정도였다고 한다.

　그는 1828년 모스크바의 한 무도회에서 절세미인 나탈리야를 만나 한눈에 반한다. 1831년 우여곡절 끝에 13년 연하인 나탈리야 곤차로바와 결혼을 한다. 푸시킨은 상트페테르부르크에 집을 마련하고 정착한다. 그런데 아내가 프랑스인 당테스와의 불륜 사실을 알고는 명예와 사랑을 위해 결투를 신청한다. 1837년 1월 27일 오후 5시 그는 기병 장교인 당테스의 총에 맞고 이틀 후 38세 아까운 나이에 유명을 달리한다.

　'삶이 그대를 속일지라도 슬퍼하고 노여워하지 말라' 라고 시를 쓴 장본인이 아무리 화가 나고 질투가

났다 해도 그런 무모한 행동을 해야만 했을까? 전 세계인들은 자신의 시를 읽고 어떤 역경도 이겨내고 위로 받고 희망을 품고 살려고 노력하는데 정작 자신은 자존심 하나로 목숨을 걸었다는 사실이 아이러니하다. 푸시킨은 러시아의 사교계의 호남아로 100여명의 여자들과 염문을 뿌렸던 사람이기도 하다. 아이를 넷이나 낳았는데 부부의 믿음은 어디로 실종된 것인가. '슬픔을 참고 견디면 기쁨의 날이 오리니' 자신이 쓴 이 시를 결투 신청하기 전에 읊어보았더라면 어땠을까?

조각 작품이 숲이 된 나라
-노르웨이 오슬로 프로그네로 공원

    물을 손바닥에 담아 마셔 보았다. 짜다. 큰 계곡 같고 호수 같은데 바닷물이다, 피오로드다.

    한 점 회를 먹는다. 회 한 접시가 게 눈 감추듯 입 속으로 녹아든다. 연어회다. 연어의 고향 노르웨이에 왔다.

    작은 폭포가 있는 깊은 산속에 있는 호텔에서 묵기로 했다. 호텔 방 벽에는 노르웨이의 화가 뭉크의 그림 한 점이 무겁게 걸려 있다. 내심 호텔 방엔 잘 어울리지 않는 그림이라고 생각이 들었다. 역시 노르웨이를 대표하는 화가의 위력이 대단하다고 생각하고 짐을 푸는데 옆방에서 아악! 비명이 들린다. 문을 열고 나가 보았다. 지인은 그림 한 점을 들고나와 복도 벽에 뒤집어 놓는다. 왜 그러냐고 물었더니 무서워서 못 보겠단다. 그림을 보니 무서울 만했다. 머리를 풀어 헤친 여자 귀신 그림이다. 물론 뭉크의 작품이다. 이렇듯 호텔 방엔 어울리진 않지만, 세계적인 화가, 절규를 그린 뭉크의 그림이 인기다. 뭉크의 나라 노르웨이에 온 것이 실감이 났다.

    오슬로는 노르웨이의 수도다. 이곳에서는 매년 노벨 평화상 수상 시상식이 열린다. 2000년 12월 10일

김대중 대통령도 여기 오슬로에서 노벨 평화상을 받았다.

　노르웨이는 어디를 가도 주위 환경이 깨끗하고 단아했다.

　조각을 좋아하는 나는 이번 노르웨이 여행에서 기대를 한 곳이 프로그네로 공원이다. 이곳은 노르웨이 대표적인 조각가인 구스타프 비겔란 (1869~1943)이 만든 공원이다. 청동이나 대리석 등으로 만든 200여 개의 조각상이 있는 공원이디. 비겔란은 오슬로시의 후원으로 1915년부터 오슬로 프로그네로 공원에 세계에서 최대 규모의 조각 공원을 설립하기 시작했다. 공원 입구부터 전시되고 있는 작품들을 보며 난 입을 다물지 못했다. 조각 작품들은 인간의 한 생인 요람에서 무덤까지 표현한 작품들이다. 공원 중앙에 우뚝 서서 사람들의 시선을 사로잡는 작품은 270t에 달하는 단단한 화강암 덩어리 하나로 조각해 놓은 17m 높이의 삭품 보놀리트(Monolith)다. 이 작품은 121개의 소삭과 36개의 군상으로 탄생·유년기·청년기·장년기·노년기·죽음을 다루고 있다. 이 작품들은 실제 사람 크기로 만들어져 있다. 이 조각은 작품 같지 않고 사람들이 살아서 엉키어 있는 듯 생동감이 넘친다. 모놀리트는 세계에서 가장 큰 화강암으로 만든 조각품이라고 한다. 비겔란의 작품 하나하나는 가족이나 삶의 애환들을 담아냈다. 그중 가장 인기 있는 작품은 잉그리 보이가 가장 인기가 많다고 한다. 서너 살 먹은 남자아이의 표정이 몹시 화가 나 있다. 왜 화가 났을까? 관광객들은 화난 아이의 고추를 만지며 화를 풀라고 주문한다. 고추를 하도 많이 만져서인지 금빛이 난다. 금시라도 노란 소변이 내 얼굴에 쏟아질 것 같다. 나도 아이의 고추를 잡고 아이의 화를 달래 보지만 아이는 여전히 화를 내고 있다. 이 아이의 화는 100년이 넘도록 풀리지 않았고 앞으로도 영원히 화는 풀리지 않으리라.

비겔란의 작품 중에서 나무 작품은 인간과 자연이 하나가 되는 느낌을 준다. 나무 한 그루에 매달려 곡예사들이 실제 공연을 하는 것 같은 착각이 들 정도로 아슬아슬하다. 나무 그늘아래 사색하는 노인, 혼자 노는 아이, 젊은 연인의 달콤한 키스 장면 등 리얼한 표정들이 감탄사를 연발하게 한다. 비겔란만이 표현할 수 있는 초인적인 창작력 상상력이 느껴지는 작품들이다. 농부의 아들로 태어나 14세 때 목세공가의 제자로 시작한 조각가 비겔란은 오귀스트 로댕의 영향을 받았지만 바로 자신만의 독자적인 사실주의 작품을 만들었다고 한다. 프로그네로의 공원의 완성은 보지 못하고 타계했고 평생을 가난하게 살았다고 한다. 비겔란이 가난하게 살았기에 군상들의 애환을 리얼하게 묘사하지 않았나 싶다.

노르웨이에서 만난 조각가 비겔란의 작품을 통해서 인생의 희노애락(喜努哀樂)을 간접적으로 느껴보고 인생을 반추해 본다. 작품을 만들 기세로 오른손에는 쇠망치를 왼손에는 정(조각도구)을 들고 있는 구스타프 비겔란의 동상이 프로그네로의 공원 입구에 서서 관광객을 맞이하고 있다.

죽기 전에 꼭 가 봐야 할 곳 중 하나다.

술술술 넘어 온 휴전선
–북한 개성

"작가 양반 이따 나올 때 벌금 내야 되여 알가시여?"

북측 출입국 수속을 하면서 나는 오랜 시간 동안 가방 조사를 당해야만 했다. 새벽부터 서둘러 임진강 역까지 졸면서 가다가 주의사항을 소홀히 들은 탓이었다. 당일치기라 항상 들고 다녔던 가방을 들고 개성행에 올랐던 것이 화근이었다. 내 가방 속에는 습작 노트와 A4용지에 시를 쓴 것이 두 장 접혀 있었고, <영등포 투데이> 신문사에 연재했던 술 이야기 23, 24쪽지의 신문이 들어 있었다. "이크" 진땀이 등줄기를 타고 싸늘하게 흘렀다. 내 뒤에 줄 서 있는 개성 방문객들의 눈초리가 예사롭지 않다. 가방을 이 잡듯 뒤지고 대충 넘어가 주질 않는다. 그들이 추궁하는 이유는 내가 분명히 시인인데 왜 출입증 직업란에는 주부로 기입 했느냐는 것이었다. 한마디로 직업을 속이고 위장으로 기입했다는 것이다. 내 옆에 있던 가이드가 아마추어 작가라서 기입을 않았다고 하니까 아마추어라는 말을 잘 모르는 것 같았다. 남측에서는 작가라고 해도 특별한 자격증 같은 것이 없다고 하니까 그제야 수긍을 했다. 내 술 연재 글이 실린 신문은 압수되었고 관광 끝나고 나올 때 100달러 벌금을 내기로 약속 하고 나서야 개성으로 진입했다. 벌금을 내야 하는 기분은 몹시 언짢았지만, 그들이 내 시를 꼼꼼히 읽고 내 술 연재를 읽으리라는 것에 위안으로 삼았다.

이번 여행은 지난해 금강산을 갔었을 때보다 흥분되지 않았다.

북측 안내원 둘이 버스에 탔다. 앞에 앉은 안내원은 개성에 관해 계속 이야기를 늘어놓았고 뒤에 앉은 안내원은 관광객 모두를 감시하고 있다. 안내원은 흥에 겨웠는지 "나에 살던 고향은 꽃피는…" 노래까지 북한 억양으로 곁들였다. 왕건의 무덤이 차창 밖 저 건너에 있고 송악산이 우측에 있다. 머리를 풀어 헤치고 만삭이 된 어머니의 산이라는 송악산을 끼고 박연폭포에 도착했다. 비가 기다렸다는 듯이 내리기 시작했다. 우산도 우비도 없이 비를 맞으며 송도의 삼절 중 하나인 박연폭포 앞에 섰다. 황진이가 머리채를 풀어 쓴 시가 박연폭포 아래 용바위에 굵은 글씨로 나를 반기고 있다. 하늘에서 은하수가 날아 흘러 3천 척 밑으로 떨어진다는 내용의 시란다. 황진이의 친필을 대하니 감회가 깊다. 황진이는 이곳에서 막걸리 한 사발과 도토리묵 안주에 선비(서경덕)와 즐기다가 이 멋진 시를 읊었다. 그때의 풍류가 몹시 그립다. 송도삼절인 황진이, 서경덕, 박연폭포가 있는 절개 굳은 개성에 나는 비를 맞으며 서 있다. 나무뿌리로 만든 지팡이 하나를 샀다. 지팡이에는 작은 쪽박이 달려 있다. 여행을 하면서 목이 타면 물도 마시고 술이 있으면 술로 목을 축이라는 뜻이 숨어있을 것이다.

박연폭포 위로 걸어서 올라가면 관음사가 있다. 불자는 아니지만, 고3 아들을 위해 남측 돈을 내고 절을 일곱 번 했다. 관음사 뒤쪽에는 미완성된 문 두 짝이 있다. 문이 뒤에 있는 그림을 보니 옛날에 운나라는 소년이 문을 조각하기 위해 강제로 잡혀왔단다. 12살이 된 운나가 한 문짝을 완성하고 다른 문짝을 조각하고 있는데 고향에 계신 어머니가 돌아가셨다는 비보가 날아왔다. 그 비보를 듣고는 가지도 못하는 신세와 어머니의 죽음도 보지 못한 불효자식이 무슨 조각을 하느냐고 도끼로 자기 팔을 잘라버렸다는 슬픈 사연이 숨겨져 있다. 후세에 그의 효심을 알고는 백호에 올라탄 그의 초상을 조각해 완성된 문에 함께 넣어 주었단다. 작금에 저런 효심 깊은 자식이 어디 있느냐며 엄마들은 한마디씩 한다. 하지만 세상 어딘가에는 운나처럼 효심 깊은 자식이 분명히 있을 거라 확신하며 관음사를 내려왔다.

이런들 엇떠하리 저런들 엇떠하리
만수산 드렁츩이 얽혀진들 엇떠하리
우리도 이같이 얽혀 백년까지 누리리라
−이방원의 하여가

이몸이 죽어죽어 일 번 고쳐죽어
백골이 진토되어 넋이라도 잇고없고
임향한 일편단심이야 가실줄이 잇으랴
−정몽주의 단심가

정몽주와 이방원의 시조를 구성지게 읊는 안내원을 따라 정몽주의 선혈이 있는 선죽교엘 갔다. 한 세상에 두 임금을 섬길 수 없음을 한탄하다 비명횡사한 정몽주의 한이 아직도 선죽교에 서려 있다. 술 이야기가 개성 이야기로 길어졌다. 여기까지 이야기했으니 마저 개성 이야기를 해야겠다. 고려 박물관에서 나는 도자기로 만든 봉황 술병 한 점을 샀다. 그 매점에서 북한 막걸리와 안주를 사서 일행들과 한 잔 마셨다. 점심에 마신 송학 소주는 좀 쌉싸름했는데 막걸리 맛은 그런대로 감칠맛이 났다.

  현대아산 가이드는 내게 벌금 낼 달러를 잘 챙겨놓았느냐고 수시로 확인을 했다.

  모든 일정을 끝내고 북측출입구에서 짐을 점검하고 나더니 나보고 버스를 타지 말고 대기실에서 앉아 있으라고 한다. 일행들은 먼저 버스에 오르고 나는 5백 명 방문객의 수속이 다 끝나도록 기다려야 했다. 기분은 썩 좋지 않았지만 어찌하랴 북측 법을 어겼으니.

  한참 후 가이드가 고개를 갸웃거리며 환하게 웃으며 지친 내게로 왔다. 그냥 통과란다. 그냥 통과? 버스에 오르니 남편과 일행들은 나보다 더 긴장하고 있다. 모두 벌금은 얼마 냈는지 무슨 말을 했는지 몹시 궁금해했다. 나는 "내가 너무 예뻐서 그냥 봐주었다."라고 능청을 떨었다. 현대 가이드가 마이크를 들고 오늘은 이변이 일어났다며 손가락만 잘못 가리켜도 벌금을 내게 하더니 제일 엄격히 조사하는 신문을 그냥 통과시키는 것은 있을 수 없는 일이라고 했다. 나는 정말 기분이 좋았다. 아마 그들은 분명 내 술 이야기를 읽었던 것이다. 좀 전에 출입문에서 나올 때 내 방문증을 보고 오전에 까다롭게 굴었던 북측 안내원은 "신문에 난 작가 맞디요? 재밌게 읽어시여" 하며 미소를 지었다. 그들은 아마 내 글을 읽고 의

아해했을 것이 분명했다. 남자도 아닌 여자가 술 이야기를 쓰다니 이해도 안 갔겠지만, 그들에겐 생소한 안줏거리로 등장했을 것이다. 아무튼 나는 그들에게 영등포 소식과 연재하고 있는 술 이야기를 던져 주고 온 셈이다. 괜찮은 문화교류가 아닌가 싶다.

　이 모든 사건이 술 덕분이다. 어서 통일되어 그들과 함께 송악 소주, 단군 소주, 참이슬, 처음처럼을 상자로 사 놓고 박연폭포 앞에서 황진이랑 마시고 싶다.

두보를 만나다 (호우 시절)
-중국 성도

좋은 비는 시절을 알고 내리나니
봄이면 초목이 싹트고 자란다
봄비는 바람 따라 몰래 밤에 들어
가는 게 소리도 없이 만물을 적신다.
들길도 구름도 모두 어두운 밤
강가에 배만이 홀로 불 밝혔네
새벽녘 붉게 젖은 곳 보노라면
금관성에 꽃이 활짝 피었으리니.
-두보의 춘야희우, 春夜喜雨

뼈만 앙상한 두보 동상이 바싹 마른 대나무 한그루처럼 표정 없는 눈빛으로 나를 맞이한다.

세상의 근심을 혼자 다 짊어진 듯, 고통만이 그를 지배한 듯 흙빛 표정이다.

매화, 녹나무, 대나무 숲이 울창하고 싯가를 정할 수 없는 최고급 분재들에게 마음을 뺏긴다. 시냇물이 정자와 다리 사이를 흐르고 사계절 내내 꽃이 피는 멋진 정원을 가진 곳이 두보초당(杜甫草堂)이다. 이곳은 두보가 48세 때 안록산(安祿山)의 난을 피해 청두에 왔을 당시 4년 동안 머물며 240여 편의 시를 쓴 초당이다. 나라와 백성 걱정에 두보의 시는 현실을 비판한 시들이 많다. 두보는 고통의 한가운데 서서 누구보다 낮은 곳에서 세상을 바라보았다고 한다. 이런 그의 시를 시로 엮은 역사라는 뜻으로 '시사(詩史)'라고 한다. 나는 사회 참여시를 잘 쓰지 않는다. 그렇다고 나라 걱정을 하지 않는 것은 아니다. 어지러운 세상을 시적으로 표현한다는 것은 출산의 고통보다 어렵기 때문이다.

나는 두보 묘에서 일행들을 세워놓고 '춘야희우'를 낭독했다. 두보는 땅속에서 내 낭독을 만물을 적시는 봄비 소리로 들었을까?

두보를 만나러 가기 전에 '호우 시절'이라는 영화를 보았다. 정우성(박동하 주인공)과 중국 여배우 고원원(메이)이 함께 출연한 영화다. 배경이 두보초당이다.

때를 알고 내리는 비처럼, 다시 두 사람이 재회했다. 미국 유학 시절 만났다가 헤어진 두 사람은 이 정우성이 출장을 갔다가 두보초당에서 우연히 만난 것이다. 잊혀가던 애틋했던 감정이 기다렸다 내리는 비처럼 두 사람 가슴속에 스민다. 하늘을 찌를 듯 높이 자란 대나무 숲에서 키스하는 두 사람의 모습은 두보의 정신과는 전혀 어울리지 않는다. 하지만 두보도 젊었을 때는 영화의 한 장면 같은 세월이 존재하지 않았을까? 호우 시절의 로맨스 영화는 영화의 줄거리보다 두보초당의 배경이 영화를 돋보이게 한 것 같다는 생각이 들었다. 좋은 비는 시절을 알고 내리나니… 봄비 내리는 어느 날, 비를 맞으며 배우가 읊조린 두보 시 한 편이 많은 관광객을 두보초당으로 부른다.

　비만 내리면 어디든 달려가야 직성이 풀리던 나였다. 이백과 함께 중국 당대의 최고 시성(詩聖) 두보를 만나고 보니 감회가 깊다. 엉뚱한 발상이지만 두보 시와 내 졸시 한 편을 나란히 지면 속에서나마 함께 싣고 싶다. 이 사실 하나만으로도 참으로 영광이다.

비는 언제나 나를 따라다닌다

무설탕 커피 한 잔의 맛과
조용함을 즐기려는 내 사색의 창변에다
여지없이 빗금을 쳐버리거나
정신의 여백에도 마구잡이로
반 박자 빠른 음표를 찍어대는 빗방울
그러나 나는 이런 비가 좋아서
가슴에 쏟아지는 음표를 따라 부르노라면
멀리멀리 그리운 이의 뒷모습도 보여주는 비
이제는 그런 비하고도 정분이 나서

나는 언제나 비를 몰고 다닌다
-노희정의 비를 몰고 다니는 여자

노벨문학상을 꿈꾸며
-스웨덴 스톡홀름

    글을 쓰는 작가라면 꼭 이루고 싶은 꿈 하나가 있다. 그것은 아마도 노벨문학상을 받는 것일 것이다. 신춘문예에 몇 번 도전 했다가 접은 나로선 노벨문학상은 언감생심 꿈도 꾸지 못 할 일이라고 일축했었다. 하지만 난 아직 포기하지 않았고 내 사전에 포기란 없다. 꿈은 꾸고 볼 일이다. 꿈은 이룰 수 있다는 신념과 끈질긴 인내와 노력이 필요하다. 꿈은 꿈꾸는 자의 몫이다.

    다이너마이트를 발명하고 '미치광이 과학자'로 알려진 알프레트 노벨(1833~1896)은 사실은 평화주의자다. 노벨은 자기가 발명한 무기로 전쟁을 끝낼 수 있다고 생각했다. 하지만 그의 위대한 발명은 전쟁에서 승리하기 위한 강력한 힘을 가진 무기로 전락했다. 노벨은 젊은 시절에 시도 썼고 소설을 쓰기도 했다고 한다. 그는 결혼도 하지 않았다. 노벨은 인도주의적이면서 과학적인 자선사업에 많은 투지를 했다. 노벨은 마지막 유언으로 세계적으로 가장 인정받고 권위 있는 지금의 노벨상을 제정했다.

  어제저녁 핀란드 헬싱키에서 스웨덴 스톡홀름으로 향하는 배(바이킹 라인)를 탔다. 나는 처음으로 큰 배를 탔다. 배의 규모는 실화를 영화로 제작한 타이타닉호와 비슷했다. 배가 출항했는데, 미동도 느낄 수 없었다. 항구를 떠나 항해하고 있다는 사실을 탑승 후 몇 시간이 지나고 나서야 알았을 정도다. 배 내부에는 여가를 즐길 수 있는 모든 시설이 완벽하게 갖추어져 있고 레스토랑에서는 씨푸드 부터 각 나라의 음식이 마련되어 있다. 그중 내가 2차로 즐겨 마시는 맥주를 무제한 공짜로 마실 수 있어서 더 행복했다. 쇼핑센터는 눈을 호강하게 할 정도로 화려하고 마술공연을 비롯한 각종 퍼레이드 및 다양한 라이브 공연을 밤새 관람하면서 호화로운 크루즈 여행을 마쳤다.

  패키지여행으로 간 스웨덴 스톡홀름 스케줄에는 안타깝게도 노벨 박물관 방문이 제외되어 있었다. 가이드에게 개인적으로 다음 관광은 포기 할테니 노벨 박물관 관람을 요청했다. 일행들에게 양해를 구하고 나서 노벨 빅물관을 방문 할 수 있었다. 현재 노벨 박물관 건립은 노벨상 시상식 100주년을 맞은 2001년에 스톡홀름 증권거래소였던 건물에 설립되었다. 노벨 박물관에 들어서니 역대 노벨상 수상자 자료들이 천장에서 레일을 타고 돌아다니고 있다. 노벨상과 관련된 영상들이 개관 시간 내내 상영되었고 내부는 최첨단 시스템을 갖추었다. 19년 전 강화도에 자비로 지은 육필 문학관의 시설이 초라한 창고처럼 느껴진다.

레일 속에서 반가운 얼굴이 보인다. 2000년 노벨 평화상을 받은 전 김대중 대통령의 얼굴이다. 노벨 평화상 시상식은 노르웨이 오슬로 시청에서 이뤄진다. 노르웨이를 여행하면서 오슬로 시청에 갔을 때, 전 김대중 대통령이 기증했던 축소 제작한 에밀레종을 만났었다. 언젠가 노벨 박물관에 내 이름 석 자와 자료들이 전시되고 있다면 얼마나 좋을까? 잠시 몽상하며 최선을 다해 글을 잘 써 보리라 다짐해 본다. 우리나라 작가들이 노벨 박물관에서 당당한 모습으로 세계인들에게 알려지기를 기원해 본다.

노벨 박물관을 관람하고 노벨상을 시상하는 스톡홀름 시청에 왔다. 노벨상 시상식은 스웨덴의 자부심이다. 국왕은 물론이고 스웨덴 왕실 모두가 수상자와 함께한다. 나는 남편의 팔을 끼고 스웨덴 국왕의 팔이라 생각하며 시상식 리허설을 해 보았다. 레드카펫이 깔린 계단을 한 계단, 한 계단 내려오면서 윗니가 살짝 보일 듯 말 듯 한 미소를 지으며 한 손을 높게 들고 손바닥을 천천히 좌우로 흔들며 우아한 자태로 시상식장 무대로 걸어 내려온다. 전 세계인의 이목이 나에게 집중한다. 축복의 박수에 심장박동은 빠른 속도로 뛰지만 태연한 척한다. 내가 잠시 꿈꾸어 본 상상 속 노벨문학상 시상식이다.

우리나라 작가 중 그 누구라도 좋다. 하루빨리 영광스러운 이 자리에서 노벨문학상을 수상하기를 간절히 기원해 본다.

한국의 문학인들이여 화이팅!

꿈은 반드시 이루어진다.

다뉴브강의 밤
-헝가리 부다페스트

  빌딩으로 꽉 찬 도심 속에 물줄기가 흐르지 않는다고 상상해 보라.

  어느 나라에서든 수도를 정할 때는 지리적, 환경 조건이 우선시 되었을 것이다. 유럽은 도심 속에 산이 거의 없는 지평선이 대부분이다. 우리나라는 서울을 중심으로 남산과 인왕산, 관악산, 북한산 등이 수도를 호위하고 있다. 그 사이에 한강이 시원하게 흐른다. 서울은 지구상 가장 아름다운 도시 중 하나라고 생각한다.

  세계여행을 하면서 도시를 중심으로 흐르는 강을 많이 만났다. 영국의 템스강, 파리의 센강, 스위스의 인강, 등 도심 속에 강은 오아시스 같은 존재다. 하지만 우리나라 한강만큼 좋다고 느끼지는 못했었다. 그만큼 한강은 맑아졌고 아름다워졌다. 헝가리 다뉴브강을 만나고는 한강만큼 멋지다는 생각이 들었다. 특히 다뉴브강의 야경은 감탄사를 연발하게 한다. 다뉴브강에 흐르는 황금물결이 여행에 지친 육신과 영혼을 정화 시켜주기에 충분했기 때문이다. 동유럽에서 가장 아름다운 야경이 헝가리의 수도 부다페스트에 있는 다뉴브강이라고 극찬을 한 이유를 알겠다. 낮에 언덕에 있는 어부의 요새에서 바라본 강을 보앉던 것과는 전혀 다른 느낌이다. 두 개의 얼굴을 가진 다뉴브강이다.

　헝가리의 수도인 부다페스트의 부다는 언덕이란 뜻이고 페스트는 평야라는 뜻이다. 부다와 페스트 사이에 흐르는 강이 다뉴브강이다. 어부들이 적의 침입을 막기 위해 지은 어부의 요새는 부다페스트를 한눈에 볼 수 있는 전망대 역할을 하고 있다. 부다와 페스트를 연결해 주는 다리가 세체니 브릿지다. 세체니 다리 입구에는 사자 두 마리가 수호신처럼 위엄 있게 앉아 부다페스트를 지키고 있다. 어부의 요새에서 바라본 페스트는 국회의사당, 성 이스트 반 성당 등 헝가리를 대표하는 건물들이 한눈에 들어온다.

　석양이 어부의 요새 뒤로 슬렁슬렁 넘어간다. 부다페스트를 여행 온 관광객들은 다뉴브강을 유람하려고 배에 오른다. 다뉴브강 물결 속으로 밤이 어둑어둑 내려온다. 강 주위로 하나둘 검은 하늘에 별이 뜨듯 빌딩 숲에 숨어있던 네온이 눈을 뜨기 시작한다. 불빛은 메마른 가슴을 넉넉하게 만들고 낭만적인 감성으로 만들더니 황홀함까지 느끼게 해 준다. 무색 물결로 흐르던 다뉴브강이 화장을 곱게 하고 파티복으로 갈아입고 춤을 추기 시작한다. 시원한 생맥주 한잔을 마시니 강바람이 내 영혼을 빼앗는다.

　헝가리는 물가도 싸고 음식도 내 입에 잘 맞는다. 물론 세계 어느 음식도 가리지 않고 잘 먹지만 특히 헝가리 음식은 더 맛있다. 칼칼한 스튜 굴라쉬는 소주 안주에도 제격이다.

　헝가리는 동유럽 공산 국가 중 우리나라와 정식 국교 관계를 수립한 첫 번째 국가다. 1988년 처음으로 전 노태우 대통령이 헝가리를 방문했고 우리나라와 항공협정, 관광 협정을 체결한 나라이기도 하다.

　도심 한가운데에서 비명이 들린다. 나무로 짓고 나이가 100년이 된 롤러코스터에 탑승한 사람들의 행복한 비명이다. 난 스릴을 즐긴다. 우리나라 롤러코스터는 다 타 보았다. 처음 롤러코스터를 타고 바지에 찔끔 실례했던 기억이 난다. 헝가리 롤러코스터를 타고 싶은 마음은 간절했지만, 개인행동이 허락되지 않는 것이 패키지여행의 단점이다. 헝가리 부다페스트 여행에서 또 한 가지 아쉬웠던 것은 세체니 온천을 하지 못한 것이다. 언제고 또다시 오리라. 다시 와서 나무로 만든 롤러코스터도 타고 세체니 온천에 몸을 풀 것이다.

황홀한 다뉴브강의 야경을 보기 위해 언젠가 다시 오리라.

저 푸른 초원 위에
-스위스 융프라우

"저 푸른 초원 위에 그림 같은 집을 짓고 사랑하는 우리 님과 한 백 년 살고 싶어~~~"

1970년대에 우리나라 청춘남녀의 소망이 있다면 남진의 노래인 '님과 함께'의 가사내용처럼 살고 싶은 것이었으리라. 그 꿈을 이루기 위해 젊은이들은 불철주야 노력하고 근검절약하며 살았다고 해도 과언이 아니다. 나 역시도 80년대 초에 결혼을 하고 열심히 산 이유 중에 하나가 초원 위에 그림 같은 집을 짓고 살고 싶었기 때문이다. 나는 그동안 많은 나라를 여행했다. 이십년 전에는 남편과 함께 사업하는 L기업에서 주는 포상으로 많이 다녔었고 지금은 시간 날 적마다 패키지나 배낭여행으로 여행을 한다. 사람들이 나에게 묻는다. 여행한 나라 중에 어느 나라가 가장 인상에 남았고 여행지를 추천해 달라고 한다. 나는 대답하기를 주저한다. 지구상에 아름답지 않은 나라는 존재하지 않는다. 60억 인구의 얼굴색이 다르듯 나라마다 문화예술이 다르고 환경도 생활양식도 다르다. 그래서 여행하는 것이다. 어느 곳을 가든 천편일률적으로 똑같은 느낌을 받는다면 여행은 재미가 없을 것이다. 낯선 땅과 마주하는 설렘과 낯선 하늘이 주는 광활한 느낌은 어떤 그림으로도 그려내기 힘들다.

그중 노랫말처럼 저 푸른 초원 위에 그림 같은 집을 소유할 곳은 스위스가 가장 적합할 것이다. 물론 그림 같은 집은 나라마다 구석구석 많이 숨어있다. 그중 스위스가 가장 적합하다는 느낌은 순전히 내 관점일 뿐이다.

　스위스의 대명사 융프라우에 왔다. 융프라우 높이는 4,166m이고 베른 알프스에 있는 고봉이다. '젊은 처녀의 어깨'라는 융프라우에는 스핑크스 전망대(3,571m)가 있다. 이곳을 오르려면 산악열차를 타야 한다. 1896년에 착공하여 16년 동안 만든 산악열차는 1912년 8월 1일 스위스 독립기념일에 개통되었다. 산악열차는 전 세계인들의 발이 되어 지금까지 건재한 모습으로 운행되고 있다. 융프라우는 2001년도에 알프스 최초로 유네스코 세계자연유산으로 지정되었다. 등재 이유가 재미있다. 그 이유에는 빼어난 산새, 빙하와 함께 끊임없이 계속되는 변화무쌍한 날씨가 세계자연유산 지정 사유라고 한다. 1934년에 알레치 빙하 30m의 깊이 속에 얼음 궁전이 세워졌다. 그린데발트 출신의 산악인이 만든 얼음 궁전에는 멋진 형상으로 만들어진 얼음 조각들이 관광객들의 발길을 멈추게 한다. 자연을 훼손하지 않게 만든 산악열자와 얼음 궁전의 구조물은 인간만이 해낼 수 있는 능력을 증명해 준 산물이다. 스핑크스 전망대에서 바라본 스위스의 모습은 답답한 가슴을 뻥 뚫어지게 만든다. 융프라우는 거대한 스키장이다. 난 스키를 타고 싶었지만, 패키지여행의 일정엔 스키 타는 것은 제외되어 있어 아쉬울 뿐이다. 상상으로 체감속도 300km 이상으로 달려 본다. 알프스의 설원이 내 품에 안기고 저 푸른 초원 위의 멋진 풍경이 모두 내 소유가 된다.

스위스 전역이 다 그림 같은 집들이다. 여백이 많은 푸른 언덕에 집 한 채 덩그러니 있고 그 집 옆엔 큰 나무 한 그루가 수호신처럼 서 있다. 작게는 수백 평 크게는 수천 평으로 조성된 초원 위에는 젖소나 양들이 평화롭게 풀을 뜯고 있다. "요를레이 요를레이요" 요들송이 빙하를 녹인 바람과 함께 간드러지게 들려오는 듯하고 알프스의 소녀 하이디가 천진난만한 모습으로 초원 위를 달리고 있다.

치즈의 천국 스위스에서 굳은 치즈를 불에 녹여 빵 한 조각을 찍어 먹어 보시라. 스위스에 가면 치즈 풍듀의 맛을 느끼고 와야 한다. 나는 유난히 치즈를 좋아하는 터라 그날의 치즈 풍듀 맛은 잊지 못할 먹거리 중 하나다.

스위스를 여행하고 난 후 나는 강화도에 푸른 초원은 아니지만 야산 하나를 구입해서 육필 문학관을 지었다. 돌 하나, 풀 한 포기 소중하게 여기고 가꾸며 살고 있다.

저 푸른 초원 위에 그림 같은 스위스의 풍경이 그리워지는 계절이다.

My Heart Will Go On (Love Theme)
–캐나다 퀘벡

Every night in my dreams
매일 밤 나의 꿈속에서 I see you I feel you
그대를 보고 느낍니다
That is how I know you go on
그렇게 난 그대가 곁에 있음을 알지요
– 'My Heart Will Go On' 타이타닉 주제곡 중

    유성처럼 짧은 사랑을 나누다 잭을 다시는 돌아올 수 없는 심해로 떠나보내야만 했던 주인공 로즈의 애절한 절규를 뒤로하고 영화 타이타닉의 막이 내린 지 오랜 시간이 흘렀다.
    'My Heart Will Go On'은 1997년에 상영한 잭(레오나르도 디카프리오)과 로즈(케이트 윈슬렛) 주연의 영화 타이타닉의 주제가로 유명하다. 이 노래는 그해 아카데미 주제가상을 받았다. 주제곡을 부른 셀린

디온(1968년~)은 캐나다 퀘벡 출신의 싱어송라이터이고 사업가이며 배우다. 그녀의 노래는 타이타닉 영화의 명장면들을 더욱 돋보이게 했다. 셀린 디온은 캐나다 퀘벡주 샤를마뉴의 빈곤한 가정에서 태어났다. 그녀가 세계의 주목을 받을 수 있었던 것은 1997년작 영화 타이타닉의 주제가인 'My Heart Will Go On'으로 휘트니 휴스턴과 머라이어 캐리와 함께 3대 디바로 명성을 얻게 되었다고 한다.

캐나다 여행을 두 번째 하고 있다. 몇 년 전 캐나다 로키산맥에 일주일간 있었다. 사흘 동안은 로키산맥을 여행하면서 광고에 자주 나오는 그림 같은 산과 사랑에 빠진 여인의 눈망울 같은 호수에 흠뻑 빠졌었다. 그런데 사흘 후부터는 재스퍼와 밴프 주위를 관광하면서 조금씩 지루하게 느껴지기 시작했다. 아무리 멋진 풍경도 매일 보다 보니 그 나무가 그 나무 같고 그 호수가 그 호수 같아 보였다. 나흘째 되던 날은 이런 일화가 생각이 났다. 옛날에 멀리서 사신이 궁에 왔다. 왕은 천하일색 왕비를 두고 매일 밤 못생긴 궁녀랑 잠자리하고 있었다. 사신은 아무리 생각해도 이해가 되지 않았다. 하여 왕에게 고하기를 "왕이시여! 어찌 아름다운 왕비를 두고 못생긴 궁녀와 잠자리하시나이까?" 물으니 그 답에 왕은 매일 진수성찬을 차려 사신에게 먹였다. 사신은 똑같은 진수성찬 음식을 매일 먹더니 그때 서야 왕의 의중을 알아차렸다는 이야기다. 여행기를 쓰면서 뜬금없이 올드 한 이야기를 하느냐고 의아해하겠지만 일주일 동안 로키산맥에서 엇비슷한 풍경을 며칠간 둘러보니 식상했기 때문이다. 행복한 투정을 하고 있다고 질책할 독자도 분명 있으리라.

캐나다 여행기 중 퀘벡을 쓰게 된 동기는 가수 셀린 디온의 고향이었기 때문이다. 이 도시를 꼭 와보고 싶었을 만큼 나는 그녀의 목소리에 도취 되어 있었다. 셀린 디온의 가창력은 나이아가라의 폭포수의 거대한 물줄기가 밀어내는 섬세한 힘과 로키산맥에서 불어오는 청량한 바람 소리와 우아한 여왕의 호수라고 알려진 레이크 루이스 호수의 일렁이는 물결 소리를 닮았기 때문이다.

셀린 디온, 그녀는 자신의 영광뿐만 아니라 고향과 자국의 위상을 세워 준 큰 스타다.

별똥별의 운명처럼 짧았던 잭과 로즈의 슬픈 사랑은 세월이 흘렀어도 셀린 디온의 노래 속에 영원히 살아 숨 쉬고 있다.

Near, far, wherever you are
가까이든, 멀리 어디에 당신이 있든
I believe that the heart does go on
난 믿어요, 그 사랑은 계속 갈 거란 것을
Once more you open the door
한 번 더 당신이 문을 열죠
And you're here in my heart
그리고 당신은 내 맘속에 들어오죠
And my heart will go on and on
그리고 내 사랑은 계속될 거예요
-'My Heart Will Go On' 타이타닉 주제곡 중

달의 계곡과 시인 파블로 네루다
–칠레 아타카마

드디어 달나라에 착륙했다.

지구 몇 바퀴를 돌다가 정착한 것일까? 나는 가상의 우주인이 되어 둥실둥실 허공을 꿈속처럼 떠다닌다. 이건 꿈이 아니다. 지금 내 눈 앞에 펼쳐진 광경은 희귀하면서도 신비한 달나라가 분명하다. 달에 착륙한 것처럼 착각할 만큼 달 표면 같은 풍경이 광활하게 펼쳐져 있다. 울퉁불퉁 제멋대로 생긴 땅은 사뭇 어디로 튈지 모르는 도전적인 남성의 성격을 닮았다. 칠레 아타카마 달의 계곡은 지구상에서 가장 건조한 곳이다. 이곳은 해발 2,400m의 고지대 지형이라 연중 비가 오지 않아 일 년 내내 건조하다고 한다. 이 땅은 강원도 봉평에서 핀 메밀꽃을 흩뿌려놓은 것 같은 소금 계곡과 걷기조차 힘든 지형으로 형성된 죽음의 계곡이 공존한다. 이렇듯 건조한 땅에 석상으로 빚어진 세 분의 마리아상이 관광객의 무사 여행을 위해 기도하며 서 있다. 특히 이곳 아타카마는 세계에서 별을 관망하기가 가장 좋은 장소로 유명한 곳이기도 하다.

산페드론데 아타카마에서 가장 높은 빅 둔(Big Dune)이라는 곳이 있다. 이곳은 달의 계곡 전체를 볼 수 있는 전망대이기도 하다. 정상에서 바라보면 양쪽 모양이 다르다. 한쪽은 고운 모래로 이루어진 사구가 있고 반대쪽엔 가파른 절벽으로 이루어져 있다. 미국의 우주비행사 암스트롱(1969년)도 달나라로 가기 전 이곳에 와서 우주 체험을 하고 갔다고 한다. 사람들이 가장 많이 빅 둔에 오르는 시점은 선 셋 시간이다. 가파른 언덕을 힘겹게 올라왔다. 사구에 노을이 서서히 붉게 물들기 시작한다. 이번 남미 여행을 동행한 신부님과 함께 전망 좋은 곳에 앉았다. 그동안 수많은 일몰을 보았지만 빅 둔에서 본 일몰은 오늘까지 살아 온 삶의 무게들이 무겁게 내려놓은 것 같고 검붉은 빛에 내 혼이 서서히 빠져들며 빛을 받들고 싶은 숭고한 느낌마저 들었다. 붉은 바람 한 줄기가 내 어깨에 손을 얹는다. 억겁의 시간이 흘렀어도 하루도 거르지 않고 강렬한 빛을 내며 지는 일몰을 보고 있노라니 문득 칠레의 한 시인이 떠오른다.

칠레의 자랑이자 영웅이며 세계문학인들의 사랑을 받는 파블로 네루다(1904년~1973년) 시인이다. 그의 시는 인간이면 누구나 살면서 겪게 되는 끊임없는 변화를 대변했다. 〈황혼의 노래〉〈스무 편의 사랑의 노래와 한 편의 절망노래〉〈조물주의 시도〉〈고무줄 새총에 미친 사람〉〈대지에 살다〉 외 수많은 작품을 남겼다.

네루다는 67세에 노벨문학상을 수상했다. 그의 수상 연설 중 일부다. "저는 지리적으로 다른 나라들과 동떨어진 어느 한 나라의 이름 없는 변방에서 왔습니다. 그동안 저는 시인들 가운데서 가장 소외된 시인이었으며, 지역이 한계에 갇힌 저의 시 안에서는 고통의 비가 내렸습니다." 사랑의 시를 쓴 시인의 입에서 고통의 비가 내린다고 했다. 시는 그만큼 처절한 영혼으로 쓰기 때문일 것이다.

네루다의 시 세계를 천양희 시인은 이렇게 평했다. '시와 삶에 누구보다 치열하고 열정적이었던 네루다는 "시인의 삶은 그의 시에 반영되어야 하며, 그것은 예술의 법칙, 인생의 법칙"이라고 주장한 사실주의자였다. 사실주의자와는 반대로 삶과 문학은 다르다고 주장하는 것은 미학주의자들이다. 칠레의 민중 시인이며 외교관이자 상원 의원으로 활동하기도 했던 네루다는 7세 때부터 시를 쓰기 시작한 천재 시인이다. 연애 시의 혁명을 일으켰던 유명한 시집 <스무 편의 사랑의 노래와 한 편의 절망의 노래>는 그의 나이 19세에 씌어 진 시들을 묶은 것이라니 놀라운 일이다.'

2010년도 칠레 광산이 무너져 33명의 광부가 69일 만에 구출 된 역사적인 사건이 일어났었다. 그때 광부들은 갱에 갇혀 생사가 불투명할 때 네루다의 시를 읽으면서 69일을 견뎠다고 한다. 그만큼 네루다의 시는 칠레의 민중들에게 희망을 준 시인이었다.

내 삶까지 이끌고 가려는 일몰 앞에서 나는 네루다의 삶을 생각했다. 누구보다 세상을 치열하고 열정적으로 살았던 네루다의 정신이 이 아티카마 사막 빅 둔의 언덕을 넘어가는 선 셋의 힘이라 믿었다. 지금, 이 순간 태양은 지는 것 같지만 내일 아침 찬란한 빛으로 일어서는 일출처럼 영원히 지지 않는 태양의 정신이 네루다의 영혼이 아니었을까?

산티아고에 있는 상점에 들러 파블로 네루다의 초상 하나를 샀다.

그의 삶이 언제나 내 정신 속에 살아있어 게으른 나를 눈 뜨게 할 것이다.

하얀 슬픔이 머문 섬
-일본 대마도(쓰시마)

부산항에서 오션플라워호 여객선에 몸 싣고
두어 시간 물살 가르며 도착한 대마도 이즈하라항
찰진 흙 다져 천도 넘는 불에 구워 빚은 옹기 반 갈라 엎어 놓은 듯
기다림이라는 꽃말 품고 검은 이슬 마시며
흰 고독만 먹고 영근 박 반 갈라 엎어 놓은 듯
말 못 할 사연 품고 유랑하는 부표 미풍에 흔들리며
핏빛 서린 눈동자로 갈 길 잃은
조선 왕조 마지막 왕녀 비운의 덕혜옹주
그녀의 남편 고 다케유키의 시(詩) 같은 영혼 떠도는 섬
출렁이고 싶어도 출렁이지 못하는 슬픔 숨긴 채
가네이시 성터에 표류하는

이왕가 종백작가 어결혼봉축기념비(李王家 宗伯爵家 御結婚奉祝記念碑)
그
누구를 탓하랴
시대를 탓하랴
역사를 탓하랴
이미 운명은 정해졌거늘
순종하기 힘들어 그저 침묵으로 응대할 뿐
일렁이는 잔물결 속에 묻힌 사연
미우다 해변의 고운 모래 속 깊이 갇혀버린 전설 같은 실화
에보시다케 전망대에서 바라보는 처절한 그리움
안개 같은 사연 잊혀진 사랑
미치지 않고 버틸 수 없는
뼈 깎는 아픔 서러운 한 서려 있는 곳
와타즈미 신사에서 숭상하는 모든 신께 빌어도 소용없어
어떤 기도로 위로하고
어떤 언어로 수식할 수 있으리

그림 같은 정원 속에 핀 한 송이 꽃인들 행복하랴
에메랄드빛 바닷속 유영하는 한 마리 물고긴들 자유를 느끼랴
창살 없는 감옥에서 쬐는 빛인들 따듯함을 느끼랴
.
.
.
그
섬
대마도
-졸시 대마도

빛바랠 줄 모르는 검은 눈동자.

언제나 조용히 응시하고 있는 것은 환상 속의 그림자.

현실 속의 자신이 어디 있는지도 모르네.

물어도 대답 없는 사람이여.

……

나의 넓지 않은 가슴 한편에

그 소녀가 들어와 자리 잡은 지 이미 오래 인 것을,

……

하룻밤도 침실로 들이지 않고

꽃잎 같은 입술도 훔치지 않지만

아내라고 부를 것을, 내게 허락해다오.

-덕혜옹주의 남편 고 다케유키의 시 '사미시라'중에서

불의 땅
-하와이

알로하!

당신은 가슴 속에 어느 만큼의 불을 품고 사십니까?

당신의 심장에 손을 얹고 느껴보십시오. 당신의 심장이 몇 도로 끓고 있는지 체크해 보세요. 만약 중년기를 넘어가고 계신다면 자주 심장을 체크하실 필요가 있습니다. 노년기가 되었을 때 아름다운 꽃을 보아도 예쁘다고 느끼지 못한다면 얼마나 서글프겠습니까. 멋진 세상을 유람해도 멋을 느끼지 못하고 진수성찬을 대접받아도 식욕을 느낄 수가 없다면 어떻겠습니까? 우리는 심장이 식고 굳어 화석이 되기 전에 잘 다루어 놓아야 합니다. 이번 하와이선을 여행하면서 많은 것을 느꼈습니다. 세상을 몽땅 불의 바다로 만들어 초토화되어버린 검은 땅, 죽음의 땅, 침묵의 땅을 보았습니다. 50만 년 전부터 형성된 화산섬 빅 아일랜드, 그 죽음의 땅을 보고 할 말을 잃었습니다. 광활한 땅 위에 한 포기 잡초도 보이지 않았습니다. 수심 5,000M 이상을 뚫고 솟은 용암의 저력은 불의 여신 펠레의 정열적인 사랑의 힘이었을까? 아니면 열정적으로 사랑하다 배신당하고 그 한을 검붉은 피로 토해낸 것은 아닐까? 처음 이 땅에 첫발을

내 디딘 폴리네시아인들의 발바닥은 얼마나 뜨거웠을까? 그들은 발바닥이 뜨거울 때마다 마우니케아(4,205M)로 올라가 밤새 내린 눈 속에 달구어진 발을 식혔을 것입니다. 얼마 전까지 활화산에서 용암이 바닷가로 흘러내렸습니다. 하와이 여행을 예약한 후 일주일 전부터 킬라우에아는 지금까지 엄청난 양의 용암이 쉬지 않고 불을 뿜어 흘러내리고 있습니다. 불행하게도 이번 여행에서 킬라우에아에는 근접도 하지 않았기에 불의 여신의 실체를 확인하지 못하고 발길을 돌려야만 했습니다.

다음 날 아침 일찍 비행기를 탔습니다. 오하이오가 바다를 차오르며 떠오르는 태양 빛을 흡입하고 있습니다. 저 멀리 다이아몬드 헤드가 커다란 입을 벌리며 일출의 빛을 품기 시작합니다. 태평양 한가운데 둥실 떠 있는 오하이오 섬을 뒤로 하고 이아오 계곡, 라하나 마을과 헬레아칼라 국립공원이 있는 마우이 섬에 도착했습니다. 마우이섬엔 반얀트리가 800평을 차지하고 있는 곳이 있습니다. 거대한 나무 한줄기가 가지를 치고 쳐서 20여 개의 나무줄기가 뿌리를 내려 하나로 연결되어 있습니다. 의자에 누워 하늘을 보니 반얀트리 나뭇잎 사이로 푸른 하늘빛이 보이는 것이 신비롭기까지 합니다. 미세먼지에 코를 막고 다녀야 하는 우리나라 날씨를 생각하니 청량한 공기가 더없이 부럽기만 합니다. 반얀트리의 푸르름을 뒤로 하고 3,000M 높은 그곳에 있는 헬레아칼라 국립공원으로 올라갑니다. 차가 힘들어 헉헉거리는 것만 같아 안쓰러울 정도로 구불구불 힘겹게 올라갑니다. 2,000M 이상 올라가니 무성하던 숲은 사라지고 화산석 사이사이에 눈을 번쩍 뜨이게 하는 물체가 바위틈에 앉아있습니다. 평생 딱 한 번만 꽃을 피운다는 은검초(아이나히나)입니다. 그 빛에 반한 나는 은검초 한 포기를 훔치고 싶은 마음을 접기 힘들었답니다. 하와이 원주민은 헬레아칼라를 신이 지배하는 곳으로 숭배한다고 합니다. 이곳은 고대 하와이의 문화로 자연을 적절하게 관리하는 시스템이 잘 유지되는 곳이기도 합니다. 자동차가 3,000M까지 올라갑니다. 발밑에는 각기 다른 형상을 한 구름이 산 위를 호위하고 있습니다.

현지 가이드는 말합니다. 백두산 천지의 맑은 호수를 보려면 3대가 덕을 쌓아야 하지만 이 헬레아칼라 화산분지를 보려면 7대가 덕을 쌓아야 한다고 합니다. 그만큼 고지대이다 보니 수시로 구름과 안개에 싸여 있다는 뜻입니다. 양쪽 조상님들께서 복을 많이 쌓아주신 덕인지 백두산 천지도 보았고 진귀하고 성스러운 헬레아켈라의 풍광을 온전히 보고 있습니다. 이 화산분지는 뉴욕을 몽땅 옮겨다 놓을 만큼 크기가 어마어마합니다. 거대한 분지 속에 솟아오른 작은 화산분지에 퍼지는 아우라는 어느 화가도 흉내 낼 수 없을 것 같은 황홀한 색을 띠고 있습니다. 새벽부터 단잠을 깨우고 날아 온 보람이 있습니다. 생에 꼭 한 번 보아야 할 장소입니다. 하와이 전체가 화산섬이라는 것을 실감합니다. 어떤 언어로 이 장엄함을 표현해야 할지 모르겠습니다. 그저 카메라 속에 찰칵찰칵 저장하는 수밖에….

　오아후에 돌아와 와이키키 바다에 몸을 맡깁니다. 물을 분출한다는 뜻을 품은 와이키키에서 두 시간 동안 수영을 했습니다. 거친 파도에 보드를 타는 서퍼들의 역동적인 모습이 건강합니다. 호주의 모래를 사다가 만든 인공적인 와이키키 해변에서 하와이 여행을 마감하렵니다. 선글라스 끼고 보아야 하는 티없이 맑은 하늘과 샘물 마시듯 마시고 싶은 바람, 파인애플의 향긋한 맛이 그리울 것 같습니다. 거북이 비치에 나와 휴식을 취하는 거북이의 여유로움과 전 세계에서 온 관광객들이 자유로운 레저를 즐기는 평화로운 모습들이 야자수 사이로 주마등처럼 스칩니다. 하와이 사람들은 언제나 누구를 만나도 "알로하" 하면서 두 손가락을 흔듭니다. 한 어부가 상어에 물려 엄지 중지 약지 세 손가락을 잃었답니다. 어부는 가족을 만나자 양쪽 엄지와 새끼손가락만으로 반가움을 표시했고 그 후부터는 두 손가락으로 인사하게 되었다는 슬픈 전설이 숨어있습니다. 미 전 오바마 대통령이 즐겨 사용했던 인사법이기도 합니다. 하와이인들은 만나는 사람마다 미소 지으며 손짓합니다.

　알로하!

500년 동안 멈추지 않는 시간
-체코 프라하

    시간을 인지하지 못하고 산다면 우리의 삶은 어떻게 변할까?

    초등학교 들어가서부터 방학하는 날이면 생활계획표를 세웠었다. 동그란 원 속에 24시간을 어떻게 보내야 할 것인가를 빼곡히 그려놓았다. 벽에 붙어 있던 계획표를 보면서 얼마나 지키고 살았을까.

    밤하늘의 별자리가 같은 위치로 오려면 1년 365일이 걸리고 달이 차오르는 기간은 29.53일 걸린다고 한다. 시계가 발견되기 전에는 별자리나 달과 해의 위치를 보면서 시간과 계절을 가늠했다. 고대 바빌로니아에서는 기원전 4000년경에 사용되었던 해시계가 발견되었고, 고대 이집트에서는 오벨리스크 기둥으로 인해 만들어지는 그림자로 시간을 재기도했다. 우리나라는 조선시대 세종 때 만든 앙부일구라는 해시계가 있다. 체코의 수도 프라하에 있는 구시청사 건물에 설치되어 있는 천문시계 앞에 서니 문득 유년에 그렸던 생활계획표가 생각이 났다. 나는 현재까지 살면서 내가 계획했던 시간에 맞추어 잘 살았었는지 되새김해 본다.

    프라하에 있는 천문시계는 매시간 정각(9:00~21:00) 하루에 13번 시계가 문을 연다. 이 광경을 보려고 수많은 관광객은 닭이 물 한 모금 마시고 머리를 쳐들 듯 일제히 머리를 들고 천문시계의 문이 열리기를 기다린다. 시계가 정각을 알리면 오른쪽에 매달린 해골이 줄을 잡아당기면서 반대편 손으로 잡은 모래시계를 뒤집는다. 그리고 두 개의 문이 열리면서 각 6명씩 십이사도들이 순서대로 지나가고 황금 닭이 한 번 울고 나면 끝난다. 이 과정은 1분 안에 끝이 난다. 이 천문시계는 1490년 하누슈 라는 시계공이 만들었다고 한다. 그런데 천문시계를 완성하고 나니 그 당시 시의회 의원들은 하누슈의 눈을 멀게 했다고 한다. 시계공이 똑같은 시계를 만들 것을 우려를 해서 그랬다는 것이다. 이 이야기가 거짓인지 진실인지는 모르겠지만 나는 그 유래를 듣고 그 당시 시의회 의원들의 몰상식한 행동과 장인에 대해 무례함에 화가 치밀었다. 아니나 다를까? 시계공은 자

신이 만든 시계를 멈추게 하고야 말았다고 한다. 그 후 시계는 여러 번 수리가 되었고 현재는 전동 장치로 움직이고 있다. 천문시계가 만들어진 지 500여 년이 지났다. 시계공 하누슈의 천재적인 재능이 안타까울 뿐이다. 그의 한이 아직도 블바타 강물 속에 구슬프게 흐르는 것만 같다.

　체코의 수도 프라하를 대표하는 관광지

는 천문시계와 블바타 강 위에 세워진 카를교이다. 구시가지와 말라 스트라나를 연결하는 브릿지로 체코에선 처음으로 만든 석조로 만든 다리(길이 약 520m 폭, 약 30m)이다. 카를교는 차가 다니지 않고 보행자만을 위한 전용 다리다. 카를교 다리 양쪽 가에는 30여 개의 조각이 마주 하고 있다. 조각박물관을 야외에 옮겨다 놓은 것 같다. 다리 위에서는 길거리 음악가들이 삼삼오오 팀을 이루어 음악을 들려주고 행위예술가는 자신이 준비한 작품을 열정적으로 표현하고 있다. 초상화와 캐리커처를 그리는 화가들과 아기자기한 작은 상점들은 핸드메이드 상품을 진열해 놓고 전 세계인을 맞이한다. 볼거리가 다양하고 예술혼이 가득한 다리 중 하나다. 그중 제일 인기가 많은 성상은 체코에서 가장 존경받는 분이며 다리를 지켜주는 수호성인으로도 유명하다. 그분이 바로 가톨릭 성인 얀 네포무츠키다. 얀 네포무츠키 성상 앞에서 소원을 빌면 소원이 이루어진다는 믿음 때문에 그의 앞에는 많은 관광객이 줄을 서고 있다. 예나 지금이나 존경받는 성인 앞에서는 모두 고개를 숙이고 자신의 소원을 비는 풍습은 세계 어느 곳에서나 흔히 볼 수 있는 일이다. 난 얀 네포무츠키의 성상 앞에서 천문시계를 만든 시계공 하뉴스의 명복을 빌었디. 그가 천재적인 기능을 가지지 않고 태어났다면 그런 비참한 일은 당하지 않고 살았으리라. 그 시대, 그 시간에 맞추어 그는 태어났다. 세기에 남는 걸작을 만들었지만, 자신이 만든 시계를 볼 수 없다는 것은 참으로 불행한 일이다. 시간이 멈추지 않는 것처럼 골 깊은 한(恨)은 세월이 흘러도 치유되기 힘든 법이다.

프라하의 야경이 카를교 밑 블바타 강물 속에 묘한 빛을 내며 흔들리고 있다.

땅이 끝나고 바다가 시작되는 곳
−포르투갈 카보 다 로카(호카곶)

유럽대륙의 끝에 서 있습니다.

대륙의 거대한 역사가 백마를 타고 대서양 파도를 가르며 뭍으로 달려옵니다.

아시아에서 온 작은 여인의 가슴이 벅차오릅니다.

누구에게도 열리지 않았던 비밀의 문이 열쇠 없이 열리는 기분입니다.

기타와 만돌린 음악에 맞추어 검은 옷을 입고 포르투갈의 민요, 파두를 부르는 아말리아 로드라게스(포르투칼의 국민가수)의 한 서린 목소리가 대서양 하늘 위에 울립니다.

누구에게나 비밀 하나쯤은 가슴속에 앙금처럼 가라앉아 있을 겁니다.

신에게까지도 숨기고 싶은 하얀 거짓말도 수없이 하고 살았습니다.

수수께끼 같은 삶 한 보따리를 들고 와서 대륙의 땅의 끝에 풀어 놓고 있습니다.

저 멀리 비릿한 슬픔을 딛고 밀려오는 파도가 있습니다.

저 멀리 절망을 포효하며 달려오는 파도가 있습니다.

저 멀리 태양의 열정을 품고 오는 파도가 있습니다.

저 멀리 파두의 음악, 광기처럼 무거운 희망 한 아름 안고 날아오는 파도가 있습니다.

이제까지 끌어안고 살아 온 검은 흔적을 정화하기 위해 바다로 떠나보내야겠습니다.

포르투갈의 서사시인 카모잉스의 말처럼 '땅이 끝나고 바다가 시작되는 곳' 이곳에서 말입니다.

그릇도 비워내야 채워지는 것처럼 생각의 그릇 속에 새로운 이야기를 채우렵니다.

시작은 곧 끝이고 끝은 곧 시작처럼 말입니다.

대서양의 바람과 함께 파두의 음악에 실려 한 남자가 떠오릅니다.

포르투갈 여행 중 작은 도시에서 자유시간을 잊있습니다.

일행 없이 혼자 여행하는 나는 더위를 피해 생맥줏집에 들어갔습니다.

흑맥주 한 잔을 안 주 없이 시켰습니다.

흑맥주를 따르는 남자의 눈이 매력적이어서 도둑처럼 슬쩍 훔쳐보았습니다.

포르투갈인의 피부를 닮은 흑맥주 한 모금은 여행에 지친 오장육부를 회생시키기에 충분했습니다.

이 남자, 자신의 흑진주 같은 눈동자를 닮은 까만 올리브 한 접시를 제 앞에 내려놓습니다.

서비스랍니다.

검은 올리브 한 알을 입에 넣었는데 맛이 환상적이었습니다.

공짜라서가 아니라 이제까지 먹어 본 올리브 맛 중 최고였습니다.

난 그에게 엄지척해 주었고 잘생겼다고 어설픈 작업을 걸었습니다.

내 어깨를 내어 주고 그의 어깨에 머리를 기대고 함께 사진도 찍었습니다.

흑맥주 석 잔을 마시고 검은 올리브 세 접시를 비워내는 시간은 빛의 속도로 지나갑니다.

잘 생기고 정 많은 그 남자가 한동안 그리울 것 같습니다.

그래서 영국의 시인 바이런은 까보 다 로까를 '위대한 에덴'이라고 한 것 같습니다.

포르투갈 리스보아 주에 있는 대서양 연안의 곶 까보 다 로까에서 추억을 되새김할 수 있어서 행복합니다.

대서양이 학춤을 추며 내게 다가옵니다.

순수한 사랑
–모로코 카사블랑카

  하얀 집은 세계 산재해 있다.

  미국 워싱턴에 있는 백악관도 하얀 집이고 아랍 에미레이트 수도 아부다비에 있는 그랜드 모스크 외벽도 흰색이다. 그리스 아테네도 거의 백색 도시다.

  조선시대까지 우리 어머니들이 즐겨 입었던 저고리 색도 흰색이 아니던가. 흰색은 눈이나 우유처럼 순수하고 선명한 색깔이라는 사전적 어원을 가지고 있다. 아마 흰색은 순수하다는 것에 매력을 느끼는 것은 아닐까? 흰색은 무엇이든 잘 어울린다. 어느 화가가 말하기를 사람은 흰색과 닮았다고 한다. 하얀 도화시에 다양한 색이 뒤엉켜 새 그림을 그리듯, 사람도 환경과 관계로 변화하는 삶에 적응하며 성장하기 때문이라고 한다.

  세상에서 가장 로맨틱한 도시 이름 중 하나로 통하는 '카사블랑카'. 불어로 '하얀 집'이란 뜻이다. 대서양 건너 아메리카 북부에 있는 모로코에서 가장 유명한 휴양지인 카사블랑카에 왔다. 카사블랑카 하면 1942년에 방영된 영화로 인해 유명해진 도시다. 오랜 세월이 흘렀지만 '카사블랑카' 영화는 '바람과 함께 사라지다'와 함께 오랜 세월 동안 로맨스 영화로 영화 팬들에게 많은 사랑을 받고 있다. 이 영화는 남녀의 전형적인 삼각관계의 진수를 보여주는 영화다. 2차 세계 대전 한복판, 카사블랑카는 미국행 비자를 구할 수 있는 유일한 도시였다. 독일 점령 치하에서 나치를 피해 미국으로 도주하는 이들이 주로 거쳐 가는 도시이기도 하다. 전쟁의 공포가 고스란히 반영된 공간 속에서도 남녀의 사랑은 싹트게 마련이다. 카사블랑카 영화는 남녀의 만남과 헤어짐, 재회 그리고 그 시대가 요구하는 희생과 음모로 가득한 미스테리한 스토리를 갖고 있다. 주인공 릭 역을 맡은 험프리 보 가트와 일리사의 역을 맡은 잉그리드 버그만의 연기는 시청하는 독자에게 많은 생각을 하게 한다. 과거에 파리에서 사랑했던 여인과 그녀의 남편, 빅터 라즐로의 비자를 만들기 위해 카페마저 정리하는 릭의 사랑은 숭고해 보인다. 사랑은 그런 것이다. 사랑에는 조건이 없다. 사랑은 백지같이 순수한 것이다.

대서양의 파도가 북아메리카의 뜨거운 태양과 함께 밀려오는 곳, 카사블랑카의 핫산 2세 모스크 벽도 흰색이다. 카사블랑카에 와서 느끼는 릭의 조건 없는 사랑과 이룰 수 없는 일리자의 애절한 러브스토리는 한마디로 부럽기까지 하다. 안개 자욱한 비행장에서 릭이 일리자를 떠나보내는 장면은 남자의 가슴 아픈 사랑을 절감케 해 준다. 옛 추억이 그리운 사람이라면 카사블랑카의 'Rick's cafe'에서 추억을 반추해보는 것도 좋을 것이다.

　　이 영화에서 "당신 눈동자에 건배!"는 놓칠 수 없는 명대사다.

이것은 기억해야 해요
키스는 단지 키스일 뿐이고
후회는 그저 후회일 뿐이라는 걸요
근본적인 것은 그대로죠
세월이 흘러도
두 연인이 아직도
사랑한다고 속삭이면,
사랑을 믿으세요.
미래가 어떻게 되든지 말이에요

세월이 흘러도

……

세월이 흘러도

-영화 카사블랑카의 주제곡 'As Time Goes By' (세월이 흐르면) 중에서

   버티 히긴스(가수)가 카사블랑카 영화를 감명 깊게 보고 부른 카사블랑카 노랫말 중에는 "키스는 멋진 키스지만/당신의 한숨이 없는 키스는/ 진정한 키스가 아녜요"라는 가사가 있다.

   당신의 한숨이 없는 키스는 진정한 키스가 아니란다. 그만큼 사랑은 아픈 것이다.

   순수한 사랑은 아프다.

   "당신 눈동자에 건배!"

카사블랑카를 감상하면서

당신은 나의 사랑에 빠졌어요.

럭의 촛불, 카페의 큰 패들

선풍기 아래에서 우린 손을 잡았지요

그림자는 자취를 감추고

나의 낡은 시보레 승용차 안에서
마술과도 같은 영화를 보았어요

오, 영화 카사블랑카의 키스는 멋진 키스이지만
당신의 한숨이 없는 키스는 진정한 키스가 아니예요
세월이 흐를수록 당신을 향한 사랑이 열렬해져요
카사브랑카의 주제곡 As Time Gdes By (세월이 흐르면) 중

오, 영화 카사블랑카의 키스는 멋진 키스이지만
그러나 당신의 한숨이 없는 키스는
진정한 키스가 아니예요
 -출서: http://eastpeak.tistory.com/7151 [동쪽봉우리]

연재를 마치며

'인생은 단 한 번의 여행이다.'라는 말이 있다.

'노희정 시인과 함께 떠나는 세계여행' 마지막 꼭지를 쓰면서 감회가 깊다. 연재를 시작한 지 2년 넘는 세월이 흘렀다. 40꼭지까지 함께 동행해 준 <영등포투데이>신문사 김홍민 발행인과 독자에게 지면으로 나마 감사드린다.

여행을 떠난다는 것은 뜻밖의 정경을 만나러 나서는 길이다. 그 뜻밖의 길위에서 전혀 다른 세상과 문화를 경험하게 된다. 여행의 행로에는 비단길만 깔려 있는 것이 아니다.

목적지에 도착하기 위해서 30시간 이라는 긴 시간이 인내와 함께 필요로 한다. 인도에서는 40명 정원인 버스에 100명 넘게 탑승한다. 콩나물시루에 갇힌 콩나물처럼 부대끼며 17시간 동안 동행해야만 한다. 사막으로 갈 때는 낡은 기차를 타고 3층 침대에서 모래 세례를 맞으며 밤새워 여행해야 하는 곤혹도 치러야 한다. 해발 3,000m 이상의 고도에서 오는 고산증의 고통도 감내해야만 한다.

고된 역경 뒤에는 보상이 뒤따른다. 대자연 앞에서 느끼는 경이로움과 불가사의한 걸작 앞에서는 어떤 수식과 형용사로도 표현이 불가하다. 여행에서 보고 느낀 것들은 이승에서 볼 수 있는 최고이자 마지막 선물이다.

단 한 번의 삶, 내 생에 남아 있는 시간을 여행하는 것으로 마감하고 싶다.

오늘 밤도 미지의 세계로 떠나는 꿈을 꿀 것이다.

발간을 축하 하며
영등포투데이신문사 발행인 박성열

'해외에서 마시는 한 잔의 맥주', '낯선 사람들과 풍경' 이국적인 느낌에서 오는 설렘.

코로나19로 여행을 좋아하는 사람들의 목마름이 더해지고 있다.

그나마 최근에는 상황이 좀 나아져 해외여행을 떠나거나 준비하는 사람이 일부 있기는 하지만 여전히 자유스럽게 떠나기에는 불안감이 크다.

이런 시국에 노희정 시인이 본지 영등포투데이신문에 2년 이상 연재한 해외 여행기를 책으로 엮어 발행한다는 단비 같은 소식이 반갑다.

시인은 '인생은 단 한 번의 여행이다.'라고 표현하고 있다.

시인의 해외여행에 대한 열망은 무려 14년 동안 급여에서 십일조 떼어 저축하고 준비하는데서 알 수 있다.

그리고 떠나 온 여행, 시인만큼 책을 펼치는 우리도 설렌다.

'노희정과 함께 떠나는 세계 여행'에는 여행자의 입장에서 시인의 입장에서 보는 낯선 광경들과 장소에 대한 느낌이 한 폭의 그림처럼 잔잔하게 다가온다. 새로운 문화를 보는 시인의 눈과 마음이 엿보인다. 세계 곳곳을 누비며 여행지의 삶과 역사, 현지인들, 그리고 이야기가 함께 묻어 있어 좋다. 시와 함께 자연스럽게 흘러가는 표현에는 가슴이 뭉클하다.
각박한 일상에서 툭 던지고 싶을 때 시인이 던지는 단어들이 위로가 된다.

"마음을 몽땅 내어 주고 나면 또 다른 이상의 날개가 내 옆구리서 꿈틀거린다."
-본문 중에서

여행에서 자기 성칠과 나를 내려놓는 기록들.
그래서 이 책을 일독하는 것으로 세계 여행을 떠나 볼 것을 권한다.